D1734100

Karma kommt, jetzt!

Christine Raguß

Christine Raguß

Karma kommt, jetzt!

Roman

Shaker Media

Bibliografische Information der Deutschen Nationalbibliothek
Die Deutsche Nationalbibliothek verzeichnet diese Publikation in der Deutschen Nationalbibliografie; detaillierte bibliografische Daten sind im Internet über http://dnb.d-nb.de abrufbar.

Buchsatz: Ramona Schreiber, Shaker Media GmbH
Covergestaltung: Alicia Schaefer, Shaker Media GmbH
Coverbilder: © Thaut Images, Adobe Stock (185940375)
© Jiri Hera, Adobe Stock (121648517)

Printed in Germany.

ISBN 978-3-95631-822-1

Shaker Media GmbH • Am Langen Graben 15a • 52353 Düren
Telefon: 02421 / 99 0 11 - 40 • Telefax: 02421 / 99 0 11 - 49
Internet: www.shaker-media.de • E-Mail: info@shaker-media.de

„Ich danke meinen beiden Töchtern für ihre
Geduld, Hasi für die Inspiration, meinen
Eltern für die Unterstützung und allen
Beteiligten für ihre Mithilfe“

Das Leben . . . 9

Alleine. . . . 14

Mädelstag . . . 22

Super Pop . . . 33

Das Probetraining . . . 38

Ein folgenreicher Abend . . . 48

Schicksal . . . 59

Die Einmischung . . . 70

Suse ist zurück . . . 78

Café der Sinne . . . 85

Himbeertörtchen . . . 93

Karma kommt . . . 103

Das Leben

„Mama, Mama, Maaammaaa!?“ Toms Rufe wurden immer lauter „Wo steckst du? MAMA!“, schallte es durch den Flur und er schickte noch ein paar Flüche hinterher.

„Wo er die nur wieder her hat?“, fragte sich Karin. Wahrscheinlich aus dem Fußballverein „Echte Männer sind so, die brauchen das!“

„Nur Loser bleiben ruhig,“ hatte Tom ihr neulich erklärt, als sie ihn nach einem „Boah Alte, checkst du‘s nich oder was?“, zurechtgewiesen hatte. Sie hatte daraufhin nur einen ihrer ‚Eisblitz - Blicke‘ benötigt, um die Rangordnung in der Familie wieder gerade zu rücken. Immer öfter hatte sie in letzter Zeit das mulmige Gefühl, er wachse ihr langsam aber sicher über den Kopf. Nicht körperlich, da war er mit seinen 11 Jahren recht klein und zierlich, zumindest im Vergleich mit den gleichaltrigen Jungen aus seiner Klasse und der Fußballmannschaft, aber diese vorpubertären Anwandlungen waren doch manchmal recht nervenaufreibend und ließen Schlimmes erahnen.

Ob ihre Eltern damals ähnliche Gedanken gehabt hatten, als sie in dem Alter gewesen war? Sie wusste es nicht, zu lange war das her, 23 Jahre immerhin. Sie würde ihren Papa bei nächster Gelegenheit danach fragen.

„Mensch, da bist du ja“, Tom riss sie jäh aus ihren Gedanken und den Kopfhörer unsanft von ihren Ohren.

„Dass du aber auch immer am helllichten Tag auf der Couch liegen musst! Ich brauch’ mal Hilfe.“ Er unterstrich seinen Unwillen über ihre gewohnte Mittagspause mit dem für einen Jungen doch sehr theatralischen Augenverdrehen.

„Kannst du mir bei Mathe helfen?“ Karin reagierte nicht.

„Bitte! Liebste Mama!“. Er senkte den Blick, kniete sich vor sie und schaute wie ein junger Hund.

„Die olle Schröder hat uns wieder drei Seiten aufgegeben. ‚Vorbereitung für die Arbeit am Freitag!‘, und das in der Woche vor den Ferien.“ Tom steckte sich seinen Zeigefinger in den Hals, als wollte er sich übergeben, er unterstrich das Ganze mit würgenden Geräuschen. Ohne auf die schauspielerischen Fähigkeiten ihres Sohnes einzugehen, setzte Karin sich auf.

„Aber sicher, fünf Minuten, dann komme ich. Lies dir schon mal die Aufgabenstellung GENAU durch und mach die Musik aus.“ Je mehr Aufmerksamkeit sie den Theatervorstellungen schenkte, umso ausgefallener wurden diese beim nächsten Mal. Von wem er das nur hatte?

„Die habe ich schon gelesen!“, maulte Tom.

„Irgend so ein Quersummenmist. Woher soll ich wissen, was das ist, diese bescheuerte Frau...“
Den Rest hörte Karin schon nicht mehr. Sie hatte ihre Kopfhörer wieder aufgesetzt und lauschte der beruhigenden Stimme von Max irgendwer.

Wieso singen die eigentlich immer alle von glücklichen Zeiten zu zweit? Und wo zum Teufel hatten die alle die zweite Person her? Eine, die anscheinend haargenau passte, wie Arsch auf Eimer.

„Aus dem Netz Schätzchen“, hatte ihre beste Freundin Suse sie aufgeklärt.

Letzten Monat war das gewesen, bei ihrem traditionellen ‚Frauentag‘. Der hatte ganz unter dem Motto ‚Typveränderung‘ gestanden. Natürlich war das nicht Karins Idee gewesen. Wenn es nach ihr gegangen wäre, hätte sie einen Tag im Sauna-Paradies diesem Stress im Friseursalon vorgezogen. Aber man unterschätze nie die Macht einer besten Freundin. Schon gar nicht, wenn diese ein Lifestyle - Junkie ist, die jeden Monat beruflich in London, Paris und anderen Weltstädten zu tun hatte und somit Up to date ist.

Eigentlich wollte Suse sie von ihrem Stammfriseur „Pitt“ in eine ‚Blonde Schönheit‘ verwandeln lassen, aber so mächtig war Suse dann doch nicht. Der schöne Pitt, der sich gerne selbst reden hört, seinen Liebsten immer ‚mein Mann‘ nennt und sich selbst als ‚die Frau aller Frauen’ sieht. Karin mochte ihn nicht, auch seine Ideen hatten ihr nicht richtig gefallen.

Beim Blick in den Spiegel und der damit entstandenen Frage, wer diese langweilig dreinschauende Person da denn sei, hatte sie sich spontan dazu entschlossen, ihre Haare kurz, frisch und frech zu tragen. Wie die nette Friseurin an dem Nebenstuhl.

„Und bitte auch diese lustigen Strähnchen“ hatte sie sich doch tatsächlich gewagt zu sagen. Pitts Antwort kam prompt und ziemlich schnippisch „Strääääähnchen sagt sie!!!“ Kopfschütteln.

„Das sind Akzente. Strähnchen waren gestern mein Kind!“

„Na gut, dann eben Akzente“, hatte Karin bei sich gedacht und gehofft, es würde endlich losgehen, aber als Pitt ihre langen Haare zum Abschneiden in der Hand hielt, ging eine heiße Diskussion los. Zumindest unter allen anderen Anwesenden. Alle zweifelten an Karins Verstand und behaupteten steif und fest, dass ihr eine Kurzhaarfrisur nicht stehen würde.

„Schau mal Kindchen, du bist mehr so der gemütliche Typ. Da passt das nicht so mit dem ‚Fesh‘“. Das waren Pitts Worte gewesen, die er mit einer voluminösen Handbewegung unterstrichen hatte.

„Und dann das Problem mit den Männern, was du ja eh schon so ausgeprägt hast“, fiel Suse in die Diskussion ein.

„Was für ein Problem? Wovon redet ihr?“, war Karins pampige Antwort gewesen, die auf alle Fälle an ihrer Idee festhalten wollte.

„Schau mal Schätzchen, es ist wissenschaftlich belegt, dass Männer Angst vor Frauen mit kurzen Haaren haben. Dann bekommst du erst recht keinen ab", beschwichtigte Suse Karin, als wäre diese irgendwie beschränkt.

„Wieso erst recht?" Karins Gedanken überschlugen sich nur so.

„Na, ihr Gesichtsausdruck ist auch nicht gerade förderlich, was Männer betrifft!", hatte sich die Friseurin vom Nachbarstuhl eingeschaltet, die Karin überhaupt erst auf die Idee gebracht hatte, die Haare zu kürzen.

„Schluss, aus!" Karin war aufgesprungen und hatte sie alle miteinander angefunkelt, mit ihrem Eisblitz-Blick.

„Entweder ändern wir MEINEN Typ so wie ICH das will, oder ICH gehe!"

Das hatte gewirkt. Ruck zuck hatten sich alle an ihre Aufgaben begeben. Siehe da, hinterher hatten sie alle gestaunt und Karin zu diesem ‚mutigen' Schritt gratuliert.

„Jetzt kommt dein Feuer erst richtig ans Lodern", hatte Pitt zur Verabschiedung gesagt und sogar eine kleine Träne vergossen, weil er von dem Ergebnis seiner Arbeit so überwältigt war.

„Ach du meine Güüüte! Ich wusste ja, das ich gut bin, aber das Ergebnis übertrifft wirklich Alles!" trällerte er, als die Freundinnen den Laden verließen.

Auch ihre Arbeitskollegen und Bekannten hatten sie beglückwünscht, eigentlich alle, bis auf einen. Bei der Erinnerung an Toms Reaktion nach dem Friseurbesuch, musste Karin schmunzeln.

„Du bist nicht mehr meine Mama! Du siehst aus wie ein Mann", hatte er geschrien, als sein Papa - Wochenende vorüber gewesen war und sie ihm Sonntagabend die Tür aufgemacht hatte.

„Tom?! Ach ja, Quersummen", Karin riss sich aus ihren Gedanken los.

Eine Stunde und zwei Telefonate mit Opa später packte Tom, sichtlich angestrengt, seine Schulsachen weg. Karin wollte gerade aufstehen und mit ihrem Küchenstuhl das Kinderzimmer verlassen, als Tom sie am Arm festhielt „Du bist die beste Mama der Welt, ich möchte keine andere." Karin wurde warm, ein wohliges Kribbeln floss durch ihre Adern und sie merkte, wie das Wasser in ihre Augen stieg.

„Ach was. Das meiste hat doch Opa gemacht. Ich habe ihn nur angerufen", ihre Stimme drohte zu versagen. Tom drückte sich an seine Mutter.

„Eine weise Frau sagte mal ‚Es bedarf nicht viel, um zu schweigen. Aber Unwissenheit zuzugeben erfordert Mut und Kraft.' Na?" Karin drückte ihm einen Kuss auf den Haaransatz, sog den Duft des Kapitän Football Kindershampoos ein und fragte sich, wie lange er das wohl noch benutzen würde. Wann würde in der Wohnung herber Männerduft zum Alltag werden?

„Stimmt, das habe ich mal gesagt, aber das war eigentlich nicht auf Unwissenheit meinerseits bezogen", Karin lächelte ihren Sohn an.

„Kann Opa nicht Samstag zum Essen kommen? Deine Nudeln lieben wir doch alle." Tom strahlte übers ganze Gesicht. Karin verwuschelte ihm die Haare und lächelte

„Am Wochenende? Klar, aber ohne dich." Tom schaute verwirrt. Bevor er jedoch etwas sagen konnte, fuhr Karin fort:

„Zwei Wochen Strandurlaub mit Papa und seiner neuen Freundin. Schon vergessen? Wie heißt die Neue nochmal?"

Tom lachte laut auf „Keine Ahnung, nach Eva, Sabine, Yvonne und Agnes habe ich mir die Namen nicht mehr gemerkt. Schließlich ist es jede Ferien eine andere, die mitfährt!"

Sie lachten beide lange aus tiefstem Herzen. Und Karin war froh, dass Tom das Beziehungsroulette seines Vaters mit Humor nahm.

Alleine

‚Don't cry, don't think about....' „Halt doch die Klappe", schimpfte Karin und pfefferte ihren Hüttenschuh in Richtung ihres Küchenradios. Als ob dieser Finne auch nur im Ansatz eine Ahnung davon hatte, wie beschissen ihr Leben war.
„‚Stronger than the pain', ist klar. Du weißt doch gar nicht, was Schmerzen sind." Es war Samstag, Tom genoss inzwischen sicherlich schon den Urlaub mit seinem Vater und dessen Uschi. Ihr Ex suchte ja immer die besten und teuersten Hotels aus. Dieser Blödmann, wieso konnte er nicht aus ihren Gedanken verschwinden? Karin schüttelte den Kopf, als könnte sie damit Ihren Kopf leeren.

Es war doch verhext, sie strampelte sich jahrelang ab. War immer fleißig, sparsam und vor allem ehrlich, und was hatte es ihr gebracht? Genau, nichts! Am Ende stand sie trotzdem alleine da. Von wegen Karma sammeln und alles wird gut, den Ratschlägen von Frauenzeitschriften war auch nicht zu trauen.

Sie konnte sich noch lebhaft an den stechenden Schmerz erinnern, der ihr Herz ergriffen hatte, als wäre es gestern gewesen. In diesem einen Moment vor vier Jahren, als ihr Ex ihr in die Augen geschaut und ihr stumpf ins Gesicht gelogen hatte „Das war mein Bruder, der braucht nochmal Hilfe. Nach dem Essen bin ich nochmal kurz weg." Dies waren seine Worte gewesen. Blöde nur, dass Karin, als er das Telefonat angenommen hatte, gehört hatte, dass eine Frauenstimme dran gewesen war. Pech nur, dass die Stimme seines Bruders mit dieser Frauenstimme so viel gemeinsam hatte, wie die von Celine Dion mit der von Elvis Presley. Dieser eine Satz war es gewesen, der bei ihr alles zerstört hatte, ihr Vertrauen, ihr Selbstwertgefühl, ihre Liebe. Ihr Herz war zerfallen in viele kleine Scherben, die ihr immer wieder in die Brust schnitten und sie daran erinnerten, dass ihr Traum von einer Familie kaputt war. Die Vorstellung einer intakten Familie, Kinder, ein Haus, zusammen alt werden – einfach weg. Ausradiert!

Vier Jahre war das jetzt her. Der Schmerz wurde weniger, aber das taube Gefühl in der Brust, und die Angst, nie wieder vertrauen oder gar lieben zu können, blieb.

Aber warum machte sie sich überhaupt Gedanken darüber. Sie wurde sowieso nie angesprochen oder in irgendeiner Weise beachtet.

„Was mach' ich eigentlich falsch?", fragte sie ihr verschwommenes Spiegelbild im Fenster des Küchenschrankes, während sie versuchte, undefinierbare Flecken von der Scheibe zu wischen. Wenn sie ihren Eltern Glauben schenkte, sah sie gut aus, hatte Humor und, wenn sie wollte, ein gewinnendes und bezauberndes Lächeln. Aber anscheinend sah das einfach niemand.

„Das liegt sicher an dem Schild" hatte Suse beim letzten Treffen großspurig verkündet.

„Was hat mein Klingelschild damit zu tun?", war Karins Gegenfrage gewesen.

„Wer redet denn hier von Klingelschild? Das Schild da, auf deiner Stirn." Mit der flachen Hand hatte Suse Karin auf die Stirn gehauen.

„Da steht: Bin soooooooooo alleine und suche einen Mann!" Suse hatte leicht belustigt, aber auch sehr mitleidig geguckt und den Kopf geschüttelt. Eigentlich hatte Karin nach dieser Ansage nach Hause gehen wollen, sie hatte sich elend gefühlt. Irgendwie ertappt, aber gleichzeitig auch so hilflos. Suse hatte sie dann aber, zwecks Aufmunterung und irgendwie auch zur Wiedergutmachung, in den Pub bei ihr um die Ecke geschleppt. Männer konnte man da beim besten Willen keine kennen lernen. Der Altersdurchschnitt lag bei 66. Zudem waren immer nur Paare da, die sich höchstwahrscheinlich alle noch aus dem Sandkasten kannten und auf der Hutablage im Auto lagen bestimmt umhäkelte WC-Rollen. Immerhin war die

Musik gut und Karin konnte zu Fuß nach Hause gehen, torkeln oder zur Not mit zu Suse auf die Couch.

Sie waren gerade bei der 3. Runde gewesen, je ein bunter Schnaps und ein Bier, als die beiden Freundinnen den Entschluss fassten, Karins Typveränderung zu starten. Auslöser des Ganzen war Karins ‚Poetischer Anfall', wie sie es später selbst genannt hatte, gewesen.

„Mein Leben war ein wunderschönes Puzzle, als ich gerade das letzte Teil platziert hatte, ließ ER es fallen", waren ihre Worte gewesen, mit hoch erhobenem Glas und festem Griff um die Tischkante, damit sie nicht schwankte. In Gedanken an ihren Ex hatte sie noch ein „Danke für nichts!" hinterher gespuckt.

Suse, der Wirt und die vier letzten Gäste hatten angefangen zu heulen und der Plan für Karins Neustart war geboren.

„So ein Dreck!" Karin schmiss den Putzlappen in die Spüle und lief rastlos durch die Wohnung.

„Die machen sich einen schönen Urlaub und ich? Ich sitze hier, alleine, und außer Putzen fällt mir nichts Besseres ein." Sie war den Tränen nahe. Am liebsten hätte sie Suse angerufen, aber die war wieder irgendwo in Europa unterwegs und machte ‚fette Kohle'. Ihren Papa wollte sie nicht schon wieder damit belästigen und sonst wollte sie mit niemandem reden.

Diese tote Zeit! Hätte sie einen Freund gehabt, hätte sie sich jetzt ein paar tolle Tage mit Mr. Right machen können. Schöne Zweisamkeit. Ein Lächeln huschte über ihr Gesicht, verlor aber schnell an Kraft, ihre Schicksalsgötter hatten andere Pläne mit ihr, only the lonley. Vielleicht sollte sie mal ein Opfer darbringen? Karin überlegte „Wen oder was opfert man denn am besten? Ich glaube, ich sollte das mal recherchieren." Sie ging zu Ihrem kleinen ‚Büro', ein wackeliger Schreibtisch mit altem PC und noch älterem Drehstuhl, der sich nicht mehr drehte. Das einzig Schöne war die Aussicht aus dem Fenster, er stand direkt vor dem Balkon, mit Blick zum Bürgerpark mit angrenzendem Sportplatz. Doch jetzt, abends um halb zehn, war es draußen schon dunkel und man sah nichts mehr.

Karin hatte den PC eingeschaltet und war nochmal in die Küche gelaufen, um das Radio auszumachen. Ihr Wurf mit dem Pantoffel war ja leider ohne Auswirkungen auf das Gedudel gewesen.

Schnell noch ein paar Käsewürfel und Trauben aus dem Kühlschrank geholt, Sprudel gestreamt und wieder an den Schreibtisch.

„Man, stirb wann anders!", pflaumte Karin ihren PC an, der immer noch am Starten war. Na gut, genug Zeit die Tastatur unter den ganzen Zetteln und Papieren raus zu suchen. Kontoauszüge, Infos zum vergangenen Schulausflug, Werbung, Treuekarten, Beauty-Tipps.

„Alles Müll, weg damit", schimpfte Karin und beförderte den gesamten Stapel in Richtung Papierkorb. Da zielen nun nicht gerade zu ihren Stärken zählte, war es nicht verwunderlich, dass sie den Papierkorb verfehlte und alles quer durch den Raum segelte. Vom Fenster, vorbei an der Couch, bis hin zur Tür, alles voller Zettel, Schnipsel und Flyer.

„War klar, wieso immer ich, nie die andern?!" Karin verlor die Lust. Am liebsten hätte sie den PC direkt wieder ausgemacht. Doch dieser war noch nicht einmal hochgefahren.

Mit in die Hände gestütztem Kopf saß sie einfach nur da und horchte. Die Uhr im Flur tickte. Auf der Straße fuhr ein Auto vorbei. Frau Schäfer aus dem Nachbarhaus unterhielt sich lauthals mit ihrem Mann vor dem Haus. Karin öffnete die Augen, sie musste ihr Küchenfenster unbedingt noch zumachen. Da fiel ihr Blick auf den Boden vor ihren Füßen.

„Ergo Fit – ihr Ort für wahres Wohlbefinden!", las sie auf dem knallbunten Flyer. Das war doch das Studio an der Ecke bei Toms Schule, wo sie des Öfteren vorbei lief. Wie lange war es jetzt her, dass sie den Flyer aus der Infobox heraus genommen hatte, drei-vier Monate? Sie wusste es nicht mehr.

„Tadaaa“ Karin erschrak, als ihr PC sie lautstark begrüßte.

„Man Tom, dreh nicht immer die Boxen so laut auf, wenn du spielst. Oder mach sie danach wenigstens wieder aus“, rief sie in Richtung Flur und gleich darauf wurde ihr bewusst, dass dies vertane Mühe war. Sie war ja allein.

Benutzer: Mutti
Passwort: Sauwetter2015

Kaum hatte sie die Enter-Taste gedrückt, erschien auch schon ein Kinderfoto von Tom. Er war drei Jahre alt, sein kleines Gesicht wurde von hamsterähnlichen Backen dominiert. Dazu diese kleine Stupsnase mit den unzähligen Sommersprossen und den dunkelbraunen Augen. Auf dem Bild versuchte er gerade, seine Kerzen auf dem Geburtstagskuchen auszupusten, wodurch seine Bäckchen noch dicker wirkten. Sie liebte dieses Bild.

„Hör‘ auf, in der Vergangenheit zu schwelgen!“, schalt sich Karin und überlegte, wieso sie eigentlich den PC angeworfen hatte!? Da fiel ihr Blick wieder auf den Ergo Fit - Flyer.

„Na gut, schauen wir doch mal, was die zu bieten haben.“

Karin gab die Adresse ein und nach einigen Augenblicken strahlten ihr mehrere sportbegeisterte Menschen mit perfekten Körpern, Zähnen und Frisuren entgegen.

UNSER ANGEBOT FÜR SIE
Karin klickte auf den Reiter.

SUPER FIT – in 60 Minuten
FIT – in 30 Minuten
Testen Sie unser Zirkeltraining KOSTENLOS!!!

Egal ob Jung oder Alt, hier kommt jeder in Bewegung!!!

„Glauben die das wirklich?" Karin schob sich eine Traube zusammen mit drei Käsewürfeln in den Mund und klickte weiter.

„Auswahl an Kursen, hier klicken."

KLICK

BAUCH FUTSCH

KLICK

GIB' DEM PO KEINE CHANCE

KLICK

KOMM MAL RUNTER – Yoga mit Babette

„Ach du heiliger Turnschuh, wer hat sich denn die Namen ausgedacht?", kicherte Karin.

KLICK

BLEIB FIT (IM SCHRITT), für den reifen Mann

Das war zu viel. Mit einem lauten, quietschenden Schrei fiel Karin seitwärts vom Stuhl und japste nach Luft. Das war ja der absolute Hammer, da musste sie hin. Einfach, um zu sehen, was da für Leute mitmachen. Denn mit Sicherheit würde doch niemand freiwillig von sich behaupten „Hey, ich habe heute wieder meinen ‚Bauch futsch Kurs' oder ‚Yoga mit Babette'." Da würde ja jeder normal denkende Mensch gleich an etwas Unanständiges denken.

Ein Film lief vor ihrem inneren Auge ab, während sie sich wieder auf den Stuhl setzte: Ihr in die Jahre gekommener, etwas spießiger Chef, der zu spät ins Büro käme, mit den Worten:

„Sorry Leute, ich war noch bei BLEIB FIT IM SCHRITT!“

PENG!

Mit lautem Poltern und grunzenden Lachlauten ging Karin erneut zu Boden, diesmal mit Käsewürfeln und Trauben.

Als sie endlich wieder Luft bekam, wollte sie Suse anrufen, um sie an ihrer kleinen Spaßeinlage teilhaben zu lassen. Doch da fiel ihr ein, dass diese ja im Ausland unterwegs war. Da sie das Telefon aber schon zur Hand hatte und es gerade erst kurz nach sieben war, konnte sie ja einfach bei Ergo Fit anrufen und ein Probetraining vereinbaren. Schließlich hatten sie ja bis 22 Uhr geöffnet.

Bevor sie sich wieder umentscheiden konnte, wählte Karin die Nummer und setzte sich erneut auf ihren Schreibtischstuhl zurück, Käse und Trauben ließ sie erst einmal auf dem Boden herum kullern.

„Ergo Fit, Sie sprechen mit Phil. Was kann ich für Sie tun?“, säuselte ihr eine verführerisch klingende Männerstimme ins Ohr. Karin vergaß fast zu, antworten:

„Oh, hallo! Ich, ähm, hier ist Kalter, Karin. Also, Karin Kalter mein Name. Ich bin gerade auf Ihre Internetseite getreten. Nein, ich meine getroffen und....“

„Sie möchten sicherlich eine Probestunde bei uns vereinbaren“, unterbrach sie die Stimme mit forscher Freundlichkeit.

„Ja, genau“ antwortete Karin, froh darüber, aus dem Stottern heraus gekommen zu sein.

„Wann passt es Ihnen, oder soll ich du sagen, wir duzen uns hier nämlich alle, ist entspannter.“ Ohne eine Antwort abzuwarten, plapperte Phil einfach weiter.

„Also, morgen vielleicht?“

„Ähm, morgen? Nein, da ist schlecht, warten Sie mal kurz, ich muss im Kalender nachschauen.“ Wo war jetzt dieser blöde Timer? Karin schaute sich um. Aber außer Unmengen von Papier, Trauben und Käse sah sie nichts auf dem Boden liegen. Gerade wollte sie schon aufstehen, als ihr Blick neben die Tastatur fiel. Klar, da lag der Timer, der hatte ja auch keinen Freiflug in Richtung des Mülleimers bekommen.

„Bist du noch dran?“, kam es schwer atmend aus dem Hörer. Machte der etwa gerade Sport?

„Ja bin noch dran, also ich könnte nächste Woche, außer am Montag.“

„Gut, dann direkt am Dienstag? Morgens, mittags oder abends?“, fiel er ihr ins Wort. Karin schaute auf ihren Bildschirm und sah, dass dienstags vormittags um 11:45 Uhr FIT IM SCHRITT angeboten wurde, das war ihre Chance.

„11:00 Uhr? Geht das?“

„Ja perfekt, da habe ich noch keine speziellen Termine. Dann sei doch bitte so gut und sag mir nochmal deinen Namen und eine Telefonnummer, falls bei uns etwas dazwischen kommt.“

„Karin Kalter, Ortsvorwahl und dann 56822. Was muss ich denn mitbringen?“

„Ein Handtuch und saubere Sportschuhe. Falls du hinterher hier duschen möchtest, alles was du dafür benötigst. Ach ja, trinken ist auch immer gut. Dann freue ich mich, dich am Dienstag hier begrüßen zu dürfen, Kathrin.“ Bevor Karin noch etwas sagen konnte, hatte Phil schon eingehängt.

„Merkwürdig, aber was soll‘s? Immerhin habe ich einen Termin.“ Leicht verdutzt legte Karin das Telefon zur Seite und begann das Chaos im Wohnzimmer zu beseitigen.

Mädelstag

„Ich weiß gar nicht, was du hast, es ist doch fantastisch hier! Also, ich komme, wenn die Arbeit es zulässt, jeden ersten Montag im Monat hierher, zum Frühstücken, versteht sich. Möbel habe ich ja genug." Suse lachte herzhaft und knuffte Karin ziemlich unsanft in die Seite.

„Stell dir vor, die haben sogar Lachs! Ich meine Lachs, der ist ja sonst immer so teuer, wenn man den auswärts zum Frühstück holt. Aber hier ist der einfach mit dabei." Suse sah aus, als hätte das Glöckchen zur Bescherung an Weihnachten geläutet und sie würde alle Geschenke alleine auspacken können. Karin musste ebenfalls lachen, „Lass mich raten, und der Kaffee ist kostenlos und man kann immer wieder nachfüllen." Suse nickte, voller Begeisterung, zustimmend.

„Mensch Suse, ich lebe doch nicht hinterm Mond. Ich war tatsächlich auch schon mal hier frühstücken. Aber unbedingt brauchen tue ich das nicht."

Es war Montag, Suses Homeoffice – Tag, aber heute hatte sie ganz offiziell frei, ‚Mädels Tag'.

Diesmal hatte Suse sämtliche ihrer Überredungskünste und Tricks angewandt, um Karin zu einem Frühstück im mit Sicherheit weltbekanntesten schwedischen Möbelhaus zu bewegen. Und Suse war ein Genie auf dem Gebiet der Überzeugung. Das war sicher auch der Grund, warum sie in ihrem Job so erfolgreich war. Sie würde den Menschen im ewigen Eis noch eine Gefriertruhe verkaufen, wenn sie wollte.

Nun stand Karin also da, zwischen all den Muttis mit Kleinkindern, Rentnern, Vertretern und ihrer besten Freundin

Suse. Am liebsten wäre sie weggerannt, aber das war nicht möglich, denn sie standen wie die Sardinen, hübsch einsortiert, zwischen diesen Absperrgittern, die sie sonst nur aus dem Freizeitpark kannte, vor den Achterbahnen.

„Seit wann gibt's denn sowas in Restaurants?", wunderte sich Karin und wurde unsanft von einem ungeduldigen Herren Mitte 60 vorwärts geschubst.

„Jetzt gehen sie doch bitte weiter, der Lachs ist gleich aus."

„Wenn's nichts Schlimmeres ist", murmelte Karin und ihre Stimmung sank auf den Nullpunkt.

„Jetzt zieh' doch nicht so ein Gesicht. Wenn du magst, stöbern wir gleich noch ein bisschen durch die Ausstellung. Da findet man immer was.". Suse reckte den Hals und schien etwas zu suchen.

„Apropos Ausstellung, ob alle Schweden diese Möbel zu Hause haben?", überlegte Karin laut.

„Wahrscheinlich. Sie dürfen sicher keine anderen importieren, damit die Touristen alle nach einem Urlaub dort, hier ins Möbelhaus stürmen und sich ihr Urlaubsfeeling nach Hause holen. Alles, um die Wirtschaft da oben anzukurbeln!" Suse strahlte. Ob es an ihrer ‚genialen' Ausführung oder dem Erreichen der Frühstücksauslage lag, war nicht wirklich zu erkennen.

„Seit wann brauchst du einen Rollator?", Karin schaute verstört auf Suse, die auf einmal ein Gefährt vor sich her schob, welches einem Rollator optisch sehr nahe kam.

„Ich meine, das ist ja sicherlich recht praktisch, aber so lange standen wir jetzt auch nicht an, dass man sich schon abstützen muss."

Quiek, oink, grunz.

Suse lachte: „Du bist echt die Beste. Immer ein lockerer Spruch auf den Lippen. Das liebe ich so an dir. Schau dich mal um. Die haben hier alle so einen." Und tatsächlich, als wären sie durch eine Zeitmaschine gelaufen, schoben plötzlich alle so ein Rollatorteil vor sich her. Jetzt erst merkte Karin, dass diese Gefährte drei Ablagen hatten, auf denen die ausliegenden Tabletts genau Platz hatten.

„Das sind Tablettwagen, cool oder?“ Während Suse Karin Nachhilfe in Sachen ‚modernes Leben‘ gab, legte sie drei Tabletts auf ihren ‚Rollator‘ und lud jede Menge Essen darauf. An den Waffeln drehte sie sich breit grinsend zu Karin um und senkte verschwörerisch die Stimme.

„Ich habe schon darüber nachgedacht, einen mit nach Hause zu nehmen. Für abends, Essen drauf und ab auf die Couch.“

„Dann vergiss aber nicht die drei Tabletts mit zu ‚entwenden‘, ich glaube nicht, dass dein rundes aus der Cocktail - Bar da drauf passt!“, unterbrach Karin die illegalen Pläne ihrer Freundin.

Aber Suse war flexibel, sie passte ihre Pläne direkt an.

„Hey Süße, stimmt! Wenn ich dich nicht hätte. Also drei Tabletts und einen Wagen. Plus die Dinge, die wir gleich noch beim Stöbern finden. Zum Glück sind wir mit zwei Autos da.“, Suse sagte das so trocken und überzeugt, dass Karin nicht recht wusste, inwieweit sie sich heute noch strafbar machen würde.

Bevor Karin jedoch Zeit hatte weiter darüber nachzusinnen, war sie an der Kasse und bezahlte ihr Frühstück. Anschließend schob sie zum Getränkeautomaten und holte sich einen Cappuccino – den wohl schlechtesten ihres Lebens.

Das Schönste am ganzen Frühstück war für Karin der Blick aus dem riesigen Panoramafenster, den sie allerdings erst so richtig genießen konnte, nachdem sie sich lauthals über den fünffach sicherheitsverschweißten Aufschnitt, den widerlichen Cappuccino und den Lautstärkepegel im Raum aufgeregt hatte.

„Dies ist das letzte Mal hier! Sorry aber mit gemütlichem Frühstück zu zweit hat das echt nichts zu tun“, beendete sie ihre Schimpftirade. Ihr Nachbartisch sendete postwendend unverständliche und zugleich böse Blicke in ihre Richtung.

„Die Ärmste, keine Ahnung vom schwedischen Lebensgefühl!“, raunte eine vierfache Mutter mit Blümchenkleid und Spucktuch auf der Schulter ihrer Begleitung zu. Karin wusste nicht, ob sie dazu etwas sagen sollte oder einfach nur einen mitleidigen Blick an diese arme Irre schicken sollte. Sie entschied sich kurzerhand für Letzteres und drehte sich wieder zum Fenster. Im nächsten Augenblick hörte sie nur ein „Fjon Björk lass deine Schwester Ida in Ruhe, Finger weg von ihrem Teller. Nicht die Marmelade auf den Lachs, der war teuer!“ Ohne sich auch nur umzudrehen, wusste Karin, wer da geschimpft hatte und biss selbst zufrieden in ihren knallpinken Donut.

„Wie hieß der Junge?“, fragte Suse und versuchte den Namen Fjon auszusprechen, ohne Erfolg. Das einzige was aus ihrem Mund kam, klang wie das Geräusch von vorbei rasenden Formel 1 Rennwagen auf der Zielgeraden. *Fjooooonnnnnnnn.* Zur Belustigung von Karin, die durch den übersüßen Donut etwas besänftigt wurde und langsam anfing sich zu entspannen.

Nie hätte sie gedacht, dass man eineinhalb Stunden damit verbringen konnte, Kaffee oder was da auch immer aus dem Automaten kam, zu trinken und stundenlang weiter zu frühstücken. Aber Suse bewies ihr, dass dies möglich war.

Natürlich war Suse auch mindestens sechsmal auf der Toilette gewesen.

„Kaffee wegbringen“, wie sie jedes Mal voller Begeisterung verkündete. Die anschließenden Schwärmereien über die Ausstattung der ‚Keramikabteilung‘ überhörte Karin jedes Mal und war froh, nicht selbst dorthin zu müssen.

„Jetzt noch schnell eine Runde durch die Ausstellung und wir können weiter.“ Schnell! hatte Suse gesagt. Um halb elf waren sie aus dem Restaurant gegangen, um Viertel nach eins hatten sie es zu ihren Autos geschafft.

„So, alles verstaut. Hätte nicht gedacht, dass alles reingeht.“ Suse hatte es geschafft einen Einkaufswagen und einen Plattenwagen voller, für Karins Geschmack überflüssiger Dinge zu kaufen. Kissen in allen erdenklichen und ziemlich ausgefallenen Farben, Küchenhelfer, in Formen und Farben, die Karin noch nie gesehen hatte und sich beim besten Willen auch nicht vorstellen konnte, wozu man die brauchte. Zig Kerzen und vor allem Dekoartikel .... Der ‚Rollator‘ war zum Glück nicht mehr zum Thema geworden, hätte allerdings auch keinen Platz mehr in den Autos gehabt.

„Ich denke, wir fahren jetzt erst mal zu dir und laden den ganzen Kram aus. Für den Ausflug in die Sauna ist es jetzt eh zu spät“, schlug Karin vor, „bis wir da sind, wird es so schrecklich voll sein“.

„Stimmt, und außerdem ist ab 15 Uhr auch wieder gemischt, das magst du ja nicht“, erwiderte Suse mit einem amüsierten Blick auf Karin.

„Ich habe halt einfach kein Interesse, Eintritt dafür zu bezahlen, mich nackt in eine Hütte, voll mit schwitzenden Männern, setzten zu dürfen, die sich dann auch noch ihre Bierbäuche reiben und ihre Würmchen fröhlich hin und her schaukeln.“ Suse schaute auf und verstand nicht sofort, was Karin meinte.

„Schau nicht so! Die meisten haben doch nun wirklich nichts zwischen den Beinen. Bloß so ein Würmchen, das hilflos in einem Nest aus Drahthaar sitzt und darauf wartet, gefressen zu werden.“

„STOPP! Bitte, ich habe Kopfkino!“, schrie Suse und musste sich am Auto festhalten, um nicht vor Lachen umzufallen.

Eine Stunde später waren alle neuen Errungenschaften in Suses Wohnung verstaut und die zwei Freundinnen überlegten, was sie noch mit dem freien Nachmittag anfangen konnten. Sie beschlossen, ein wenig durch die Stadt zu bummeln und sich Schaufenster und Leute anzuschauen.

„Zwischendurch vielleicht noch eine Kleinigkeit essen", war Suses Vorschlag gewesen.

Nach drei Stunden fröhlichem Bummeln waren sie in einem kleinen Steakhaus eingekehrt und bestellten sich eine Grillplatte für zwei mit Folienkartoffeln und reichlich Sourecreme.

„Jetzt sind wir schon den ganzen Tag unterwegs und ich habe nicht einen einzigen Mann gesehen, der mir auch nur ein bisschen zugesagt hätte", empörte sich Suse und schob sich gereizt die vollbeladene Gabel in den Mund.

„Wo sind die denn alle?". Fast wäre ihr die Hälfte der Gabelladung aus dem Munde gefallen. Karin zuckte die Schultern „Zu Hause bei Frau und Kindern? Im Bett mit der Freundin?" Ein dunkler Schatten huschte über ihr Gesicht. Suse hatte ihren Mund geleert.

„Ich meine, das kann doch nicht sein, dass heute nichts fürs Auge dabei war. Mir ist aber mal so niemand aufgefallen. Dir?"

„Mir? Was ist mit mir?" Karin hatte nur halb zugehört, das Thema behagte ihr nicht.

„Na, ob dir ein Mann aufgefallen ist, den du sofort mit nach Hause nehmen würdest? Isst du das noch?", fragte Suse, die mit ihrer Gabel quer über den Tisch kam und in Karins halb aufgegessener Kartoffel herum stocherte. Karin schüttelte den Kopf.

„Bin satt vom Frühstück." Sie grinste bei der Erinnerung an den Vormittag.

„Und nein, mir ist niemand aufgefallen, aber das ist mir seit bestimmt drei Jahren nicht mehr passiert. Oder noch länger." Karin überlegte.

„Ich glaube, ich habe einfach zu hohe Ansprüche."

„Ach was, hör' auf mit der Nummer, die Platte hat echt nen Sprung. Dieses ‚Ich schotte mich aus Schutz vor neuen Verletzungen ab' kannst du deinem Therapeuten erzählen. Nein, das kannst du ihm mal wieder zurückgeben, mit einem netten Gruß von mir. Der hat dir das ja regelrecht eingeredet." Suse hielt nichts von

Therapeuten, das wurde jedes Mal deutlich, wenn das Thema Männer bei den Freundinnen auf den Tisch kam. Karin hatte gar keinen Therapeuten, aber Suse das klarzumachen, war nicht möglich, und so hatte sie ihre Freundin einfach in dem Glauben gelassen.

Karin war einmal bei einer Beratungsstelle gewesen, kurz nachdem sie mit Tom in die kleine Wohnung gezogen war und ihren Ex in dem großen Haus am Stadtrand zurückgelassen hatte.

Diese Therapeutin damals war ihr zu esoterisch und wallah wallah gewesen. Allein schon dieser Gestank von Räucherstäbchen, künstlicher Vanille und Mottenpuder hatte Karin die Tränen in die Augen getrieben. Da hatte sie gar nichts von sich erzählen müssen. Aber die Dame hatte das alles anders ausgelegt und Karin als Opfer der Patriarchen dieser Welt dargestellt, deren einziger Weg zur Glückseligkeit in der Abstinenz und dem Verzicht auf Männer im Allgemeinen läge. Selbst einen Mann als Vorgesetzten sollte Karin tunlichst vermeiden.

„Das waren die schlimmsten 45 Minuten meines Lebens", hatte Karin, total durcheinander und verwirrter als je zuvor, zum Abschied gesagt und war nie wieder dort gewesen.

„Ich glaube, ich platze gleich, ziemlich groß die Portionen hier." Suse lehnte sich in ihrem Stuhl zurück und verschränkte die Hände hinter dem Kopf. Typisch, mit nichts konnte man sie so gut vom Thema ablenken, wie mit gutem Essen.

„Ich glaube, von den 2 Portionen habe ich eine halbe gegessen", grinste Karin und schaute die leere Platte für 2 an. In gespielter Empörung klopfte Suse auf Ihren Bauch:

„Willst du etwa damit sagen, dass ich für zwei gegessen habe? Du willst ja bloß deinen Anteil an den Kosten drücken." Sie zückte ihre Handtasche, oder wie Karin sie liebevoll nannte: ‚ihre mittelgroße Reisetasche', und zog ihr Portemonnaie heraus. Mit einer großzügigen Handbewegung meinte sie nur, „Lass stecken Schätzchen, ich zahle heute." Damit war das auch geklärt.

„Und jetzt?“, wollte Suse von Karin wissen und schob diese sehr ruppig aus dem Restaurant.

Es war kurz nach acht und der Abend war recht mild für Anfang Oktober.

„Also, zum Ausgehen bin ich definitiv falsch angezogen“. Karin schaute an sich herunter „Mit der ollen Hose und dem Schlabberpulli kann man vielleicht ins Möbelhaus, aber in einen Nachtclub lassen die mich nicht.“

„Hast du keine Wechselsachen im Auto?“ Suse schöpfte Hoffnung, schließlich war sie doch die Königin der Nacht, wenn man sie ließ.

„Ne! nur einen Bikini, Flip Flops und ein Saunatuch.“ Karin zuckte die Schultern.

„Ha, genau das Richtige für eine Schaumparty, welcher Tag ist heute?“, freute sich Suse.

„Leider Montag.“ Karin atmete erleichtert aus. Die legendären Schaumpartys, von denen Karin nur aus Suses Erzählungen wusste, da sie sich bisher immer davor hatte drücken können, fanden nur einmal im Monat statt und dann auch nur am Samstag.

„Ach was soll‘s“, Suse hatte sich wieder gefangen, „gehen wir zu mir. Videoabend auf der Couch. Das haben wir schon so lange nicht mehr gemacht. Ich habe jetzt auch das ultimative Gerät.“ Sie strahlte.

Karin hob verwundert die Augenbrauen.

„Echt? Was denn, Super 8 Abspielgerät von 1965?“, Karin kicherte und wäre fast gegen eine Mülltonne gelaufen.

„Nein! Wo denkst du hin?“, empörte sich Suse.

„Wir nehmen den 98 Zoll Flatscreen mit 3D Blu-ray Player von Harry. Den hat er nie abgeholt. Und wird es sicher auch nicht mehr tun, schließlich konnte der sich gerade mal seinen eigenen Namen merken.“ Bei der Erinnerung an ihren Ex bekam Suse immer so ein irres Funkeln in den Augen, das bei jedem Fremden, der Suse so sah, sicherlich leichte Beklemmungen auslösen würde.

„Sorry, aber ich muss dir Recht geben. Der wusste ja nicht mal, wer seine Freundin war und wem welche Nummer gehörte."

„Geschweige denn, mit wem er verabredet war!", schnaubte Suse zustimmend.

„Dieser Harry war wirklich der verpeilteste Mann, ever."

„Oder einfach nur dumm", erwiderte Suse, „wie sonst erklärst du dir die Geschichte mit dem Aschenkeller?"

Ja, der Harry! Arme wie andere Männer Oberschenkel, ein Sixpack wie er im Buche steht und, laut Suse, eine unersättliche Rakete im Bett. Aber denken, das konnte er leider nicht. Sein Kopf war lediglich zum Haarewaschen da und damit es nicht rein regnet.

Nachdem sich Suse und Harry zwei Monate gekannt hatten, war er eines Tages mit einer Überraschung bei ihr aufgetaucht. Der 98 Zoll Super TV mit allem Schnickschnack. Dolby Surround Boxen, Blu-ray Player, Smart Fernbedienung und sonst was. Suse hatte nicht so Recht verstanden, was sie genau davon hatte, aber da ihr Wohnzimmer riesig und eine Wand bis dato leer gewesen war, hatte sie ihn gewähren lassen.

Einen Monat später, sie hatten ihr dreimonatiges Kennenlernen feiern wollen, Harry hatte vorgeschlagen seine Suse ‚groß Ausführen'! Er hatte sie in seine Stammkneipe eingeladen, das hätte Suse schon stutzig machen sollen. Da Suse zu dieser Zeit aber oft unterwegs und in der Woche wieder mal bis Freitagnachmittag im Ausland herum gereist war, wollten sie sich direkt dort treffen, im Aschenkeller. Suse hatte sich also nach ihrer Rückkehr schnell zu Hause zurechtgemacht und war mit Fußgängernavigation durch die Stadt geirrt. Ihr hätte schon beim Betreten des Etablissements eines sofort auffallen müssen: An zwei von ohnehin nur fünf vorhanden Tischen hatten ebenfalls zwei junge blonde Frauen ihres Alters mit ähnlicher Statur gesessen und augenscheinlich auf jemanden gewartet. Als Harry dann, natürlich eine halbe Stunde zu spät, rein gekommen war, waren Suse und die zwei anderen ‚Damen' gleichzeitig aufgesprungen und hatten im Chor seinen Namen gerufen, HARRY!! Suse hatte am schnellsten geschaltet, oder als Einzige. Mit einem Griff hatte sie Mantel und Tasche geschnappt, war mit zwei Sätzen am Tresen gewesen und hatte sich eine Flasche Sekt geben lassen, Champagner gab es dort nicht. Mit den Worten „Der zahlt!!!“, war sie hoch erhobenen Hauptes und mit, zum Abschied schwingenden Hüften, aus dem Aschenkeller flaniert. Wie ein Model auf der Mailänder Modewoche.

Gegen Mitternacht, nach der erbeuteten Flasche Sekt und unzähligen Kurzen von der Tanke, hatte sie bei Karin vor der Tür gestanden. Zwei Stunden, einige Flachmänner und eine weitere Flasche Sekt später waren die zwei lachend auf Karins Couch eingeschlafen.

Tom war an diesem Wochenende zum Glück nicht da gewesen. Er hätte sicherlich einen Schock bekommen oder gar eine Alkoholvergiftung, allein durch das Atmen im Wohnzimmer. Die Bude hatte am nächsten Morgen gerochen wie eine billige Spelunke. Morgen war auch nicht die korrekte Bezeichnung, es war früher Nachmittag gewesen und die Kopfschmerzen hatten sich noch das restliche Wochenende bei Karin gehalten.

„Aber von DEM Gerät rede ich doch gar nicht.“ Suse holte Karin wieder ins Hier und Jetzt.

„Ich habe auf dem letzten Rückflug von Paris diesen exklusiven Shoppingsender in der Business Lounge gesehen. Nur total praktische Dinge, die es da gibt, echt!!! Musst gar nicht wieder so skeptisch schauen.“

„Und was für ein ultimatives und unverzichtbares GERÄT hast nun du käuflich erworben?“ Karin machte sich auf alles gefasst, vom dauerhaften Nasenhaarentferner bis hin zum Pediküreroboter mit eingebauter Massagefunktion.

„Den Super Pop 100!!!!", Suse strahlte, „eine Popcornmaschine, der totale Hammer! Einfach Popcorn rein und schon kann man es genießen."

„Ach wie praktisch, einfach Popcorn rein und was kommt dann da raus? Mehl?"

„Was? Ach so nein! Ich meine Mais, einfach trockenen Mais rein und dann kann es losgehen. Total einfach, du wirst sehen." Es gab doch kaum etwas Mitreißenderes als Suse, die von Lebensmitteln schwärmte.

„Apropos, hattest du nicht vor 10 Minuten gesagt, du wärst satt?", zog Karin ihre Freundin auf.

„Popcorn geht immer, ist doch fast nur Luft", aus lauter Vorfreude strahlte Suse über das ganze Gesicht.

„Das wird total toll, los jetzt." Sie zog ihren Wohnungsschlüssel aus der Tasche und stürmte los. In Rekordzeit erreichten die zwei Suses Wohnung.

Kurz darauf stand Karin in Suses Miniaturausgabe einer Küche und staunte nicht schlecht über den riesigen Karton.

„Der ist ja fast ein Meter hoch. Wie groß ist denn die Maschine?“ Suse zuckte die Schultern.

„Weiß nicht. Pack doch schon mal aus, ich schlüpfe mal in was Bequemeres.“

Auspacken, das war leichter gesagt als getan. Zwar ließ sich der Karton oben einfach öffnen, aber die Styroporteile, die den Super Pop 100 vor allem Möglichen schützen sollten, Stöße, Stürze, Atomkriege.., ließen sich einfach nicht heraus ziehen. Karin bekam langsam Schweißperlen auf der Stirn, als Suse zurückkehrte. In einem, in den Augen brennenden, hellgrünen Jumpsuit mit angedeuteten Flügeln auf dem Rücken und einer Kapuze mit Schnabel, kam sie in die Küche und schaute etwas enttäuscht drein.

„Wieso ist der noch nicht aufgebaut, ist er kaputt?“

Karin stöhnte, „Ehrlich gesagt, nach deiner ekstatischen Beschreibung vorhin bin ich davon ausgegangen, du hättest das Teil schon mal ausprobiert. Der will einfach nicht raus“, fluchte Karin, die sich inzwischen mit einem Messer bewaffnet hatte.

„Ach, das schaffst du schon, ich schaue schon mal nach einem Film. Was Bestimmtes?“, trällerte Suse fröhlich und verschwand um die Ecke ins Wohnzimmer „Kein Horror, keine Erotik, keine Schnulzen. Ach ja und bitte nichts Peinliches!“, rief Karin ihr hinterher und stürzte sich mit dem Messer voran auf den Karton.

„Dann vielleicht Hansi Hinterdingsda‘s Jubiläumsshow?“, kam es provokant aus dem Wohnzimmer.

„Ich sagte doch KEIN Horror“ raunte Karin zurück und zerstückelte den Karton samt Styropor nach allen Regeln der Kunst.

Kurz darauf war ein erleichtertes „Geschafft! Operation erfolgreich, Patient tot“, aus der Küche zu hören. Panisch stürzte Suse in die Küche „Wehe! Ist meinem Baby was passiert?“

Etwas enttäuscht schaute sie auf den Küchentisch, auf dem Karin das ultimative Gerät abgestellt hatte.

„Da ist er, in voller Größe.“ Karin prustete los:

„Ich meine, in voller Kleine! Alles andere wäre eine Falschaussage, und die ist strafbar.“ Karin sah die Enttäuschung im Gesicht ihrer Freundin.

„Na ja, es kommt ja bekanntlich nicht auf die Größe an,“ wollte Karin Suse trösten.

Doch diese zwinkerte Karin nur schnell zu: „Stimmt, die Technik macht‘s.“ Um mit den Worten „Mais ist unter der Spüle“ wieder im Wohnzimmer zu verschwinden.

„Wo sollen denn die 5 kg Styropor hin?“

„Müllsäcke sind auch da im Schrank.“ Mit einem „Na, herzlichen Dank!“, machte Karin sich daran, das Schlachtfeld in der Küche zu beseitigen.

Nachdem die ganzen Styropor- und Verpackungsreste entsorgt waren, machte sich Karin mit dem Gerät vertraut.

„So mein Kleiner, jetzt zu dir.“

„Hast du was gesagt?“

„Nein, ich rede mit deinem Kleinen hier.“

„Bist du sicher, dass es ein Er ist?“, wunderte sich Suse.

„Ja klar. Oder sag mir mal bitte, welche Frau den Arsch so weit offen hat?“, Karin musste so sehr über ihren eigenen Witz lachen, dass sie rückwärts in den Flur stolperte und mit Suse zusammen stieß, die sich das ‚Kerlchen‘ jetzt doch mal genauer anschauen wollte.

„Auf den Schreck brauche ich erst mal einen Prosecco. Magst du auch?"

„Klar, sonst verstehe ich die Anleitung nicht.", Karin drehte und wendete die 1 cm dicke Beschreibung und suchte etwas, was dem Deutschen ein bisschen ähnelte.

„Also, los geht's!" Sie trank einen großen Schluck Prosecco, den Suse ihr gereicht hatte.

„Fülle Mais in Offnung und entwende Deckel."

Suse machte große Augen, „Und auf Deutsch?"

„Ich nix deutsch, ich Super Pop 100!", sang Karin fröhlich und man sah ihr an, dass ihr das Ganze inzwischen tierische Freude bereitete.

„Sag mal, hatte ich schon ein Glas?" Suse schaute sich um.

„Ein Glas ja, aber aufgefüllt hast du nur meins. So, weiter im Text. Ich soll jetzt oben in das Loch Mais streuen und dann den Deckel öffnen!? Tja, ich denke, wir schummeln ein bisschen und nehmen erst den Deckel ab und streuen dann den Mais da oben rein. Oder?" Ohne eine Antwort abzuwarten, kippte Karin die halbe Tüte oben in den Super Pop 100.

„So, das hätten wir." Suse schaute gespannt zu und trank den Prosecco mittlerweile direkt aus der Flasche, sie war sichtlich aufgeregt.

Karin versuchte weiter, aus der Anleitung schlau zu werden, „Stelle eine Box unter Auslauf und den Stöpsel in die Dose. ATTENTIO!!!!!", brüllte Karin so laut im Befehlston, dass Suse zusammen zuckte.

„Super Pop 100 macht Bewegung nach, kann hupfen von Tabel." Karin liefen Tränen die Wangen herunter und sie kreischte vor Lachen laut auf. Suse verstand gar nichts mehr.

„Was? Ich verstehe nur Popcorn"

„Ist doch ganz einfach." Karin machte es vor.

„Wir stellen eine Box, in unserem Fall die leere Salatschüssel, unter den ‚Auslauf'. Jetzt stecken wir das Stromkabel in die Steckdose und schauen dem kleinen Kerl beim Tanzen zu. Yeah!" Kaum hatte Karin den Stecker eingesteckt, ertönte ein ohrenbetäubender Lärm. Suse schaute verdutzt aus dem Fenster und suchte vergeblich den Bohrhammer, der diesen plötzlichen Krach erklären könnte. Aber da war nichts. Der Super Pop 100 machte seinem Namen anscheinend alle Ehre und schien die Marke von 100 Dezibel locker zu knacken. Das Erstaunlichste an dem kleinen Kerl war seine Fähigkeit, aus 250 Gramm Mais in Rekordzeit so viel Popcorn zu zaubern, dass ein dichter Teppich aus Popcorn auf dem Küchenboden entstand. Das war so schnell vonstattengegangen, dass Karin und Suse nur staunend zuschauen konnten. Karin fand als Erste ihre Sprache wieder und rief „Schade, dass der Fernseher im Wohnzimmer hängt, sonst könnten wir uns einfach hier ins Popcorn legen und essen."

„Probiere mal, der Hammer!", freute sich Suse mit vollem Mund und versuchte, lauter zu brüllen als der Super Pop 100 poppte.

„Bei der Geräuschkulisse kann der bestimmt auch, nach kleinen Umbauarbeiten, eine Wand durchbrechen, Abflüsse reinigen und Einbrecher verjagen. Soll ich mal in der Anleitung nachgucken?", witzelte Karin und begann, sich einen Weg durch das Popcorn zu bahnen, um den Lärm abzustellen. Denn obwohl der Mais komplett verwandelt war, rappelte das Teil immer noch auf dem Tisch herum. Suse hatte angefangen, das Popcorn in gleichen Teilen in ihren Mund und eine XL-Einkaufstüte zu stopfen. Als Karin endlich den Stecker aus der Dose bekommen hatte und sie wieder in normaler Lautstärke sprechen konnte, begann sie ebenfalls mit dem Einsammeln.

„Schade, dass deine Mutter das nicht sehen kann." Karin schaute ihre Freundin ernst an. Suse schaute irritiert auf.

„Wieso?"

„Na, die behauptet doch immer, bei dir könne man nicht vom Boden essen. Heute schon.“ Die zwei lachten und warfen sich buchstäblich ins Popcorn.

Das Probetraining

„Iiihh! Wieso klebt denn der ganze Boden?“, jammerte Karin, die auf der Suche nach einem Glas Wasser durch Suses Küche tappte.

„Ich sage nur ‚Super Pop 100‘. Schon vergessen?“, kam es von der Couch, wo Suse versuchte, mit dem Kopf unter einem Kissen zu verschwinden, um nicht die Sonne ins Gesicht zu bekommen.

„Hast wohl gestern doch mehr getrunken als ich. Hab mich eh gewundert, wieso die Flaschen immer so schnell leer waren.“ Karin kam stöhnend mit einem Glas Wasser in der Hand wieder ins Wohnzimmer und ließ sich neben Suse auf die Couch fallen.

„Wie spät ist es eigentlich? Hast du außer Joghurt und Gurken eigentlich nichts zu essen im Haus?“

„Doch, Popcorn. Tütenweise.“ Nuschelte Suse unter einem Berg von Kissen hervor.

„Da hinten steht ‚ne Uhr im Regal.“

„Scheiße!“ Karin sprang auf und riss dabei den Kissenstapel von Suses Gesicht.

„Aua, sag mal drehst du jetzt durch, seit wann legst du Wert auf ein ausgewogenes Frühstück?!“

„Es ist halb elf, ich muss los.“ Auf einem Bein hüpfend und dabei eine Socke anziehend suchte Karin ihre Jeans. Als sie diese endlich hinter der Couch entdeckte, hielt sie inne.

„Mist, zu unflexibel, hast du Sportklamotten? Irgendwas? Schnell, ich habe nur noch ‚ne halbe Stunde.“ Sie verschwand im Bad.

„Bist du total besoffen? Wie lange kennen wir uns jetzt? Ich und Sport, du hast ja Ideen!“ Suse mühte sich ab, um auf die Beine zu kommen. Sie betrat langsam den Flur. Dort sah sie gerade noch, wie Karin in ihrem Schlafzimmer verschwand.

„Hey, was machst du mit meiner Sommerleggins?“

„Wieso Sommer? Was ist denn an der anders als an Leggins für den Winter?“, wunderte sich Karin, hörte aber die Antwort nicht richtig, da sie mit dem Kopf im Kleiderschrank der Freundin verschwand.

„Die sind zwei Nummern kleiner als die für den Winter, ach ja und die Farbe natürlich.“

„Ich brauche Schuhe, am besten so Jogging Dinger,“ Karin sah Suses Blick und fügte schnell noch hinzu, „oder einfach irgendwas ohne Absatz ...“

„Warte mal,“ Suse wackelte mit ihrem Papageien - Einteiler in den Flur und kam kurz drauf strahlend wieder „Ha, ich wusste es! Hier, von letztem Karneval, da war ich doch Aerobic Girl. Die Schuhe hatte ich nur einen Abend an. Beim Empfang in der Sparkasse. Die Sohlen sind noch wie neu. Wenn du mir jetzt mal kurz erklären könntest, was das Ganze soll, schenke ich sie dir.“ Ohne eine Erklärung abzugeben, sprang Karin auf Suse zu, schnappte sich die Schuhe, drückte ihrer ziemlich überrumpelten Freundin einen Kuss auf die Wange und verschwand wie ein Blitz durch die Tür. Von der Wohnungstür aus rief sie noch ein Kurzes „Um 18 Uhr bei mir, ich koche“ *Rums,* die Tür war zu.

Im Eiltempo stürzte Karin die Treppe hinunter durch die Haustür und zu ihrem Auto. 10:52 Uhr zeigte ihr Autoradio an und Karin schöpfte Hoffnung, es noch rechtzeitig zum Ergo Fit zu schaffen.

Die Mülltonne des Nachbarhauses übersah sie leider, aber außer einer eleganten Drehung und einem Notstopp in der Hecke passierte der Tonne nichts. Karin atmete einmal kurz aus und gab erneut Gas.

Um 11:01 Uhr parkte Karin auf einem für Kunden ausgezeichneten Platz direkt vor dem Studio. Während der Fahrt hatte sie die geliehenen Sportsachen in ihre Saunatasche gestopft und betrat in freudiger Erwartung auf das, was da kommen mochte, den Fitnessclub.

„Guten Morgen, mein Name ist Karin Kalter. Ich hatte für elf einen Termin zum Probetraining", keuchte sie atemlos der extrem attraktiven Frau hinterm Tresen zu. Wenn man hier von einer Frau reden konnte, eher ein junger Hüpfer.

„Ja wie schön, sie haben sich schon warm gemacht, sehr vorbildlich", begrüßte sie die blonde Schönheit, wobei Karin das Gefühl nicht los wurde, dass dies eher ironisch gemeint war.

„Am besten, sie gehen gleich rüber zu Phil", säuselte der Hüpfer, „der erwartet sie schon. Ist immer ganz wild auf Frischfleisch." Ein amüsiertes Lächeln huschte über das Gesicht der Blondine, auf deren Namensschild Karin ‚Charleen' lesen konnte.

„Einfach an der Doppeltür da vorne klopfen." Sie nickte in Richtung einer Tür neben dem Eingang.

Mit wild klopfendem Herzen, ob vor Aufregung oder auf Grund des hektischen Aufbruchs wusste Karin nicht, klopfte Sie zaghaft an die Tür mit der Aufschrift „Phil – Cheftrainer und Fitnesscoach."

„Ja bitte?!", drang eine wohlklingende Stimme, die Karin schon am Telefon aufgefallen war, durch die Tür.

Auf wackeligen Beinen und in den zerknitterten Klamotten vom Vortag betrat Karin das Büro und kam sich vor wie mit 14, als sie auf Grund einer Verwechslung zum Direktor zitiert worden war.

„Alles wird gut, du bist freiwillig hier", erinnerte sie sich selber und schloss die Tür hinter sich.

Und da saß er, der Mann mit der angenehmen, wenn nicht sogar erotischen Stimme. Karin wurde ganz heiß.

„Hi, ich bin," weiter kam sie nicht. Mit einer gleitenden Bewegung sprang Phil auf, umrundete mit einem eleganten Schwung den Tisch und reichte ihr die Hand „Kathrin Kälter, ich weiß. Wir haben telefoniert." Mit einer gekonnten Bewegung seines Kopfes ließ er seinen Pony nach hinten fliegen und grinste selbstbewusst zu Karin hinab. Denn wie sie jetzt erst bemerkte, war Phil fast zwei Köpfe größer als sie, sicher musste er sich an Türen bücken. Als sie sich wieder gefangen hatte, korrigierte sie ihn vorsichtig.

„Karin bitte und Kalter, wie Alter mit K."

„Ach schön, aber wir sind ja nicht zum Reden hier, sondern du hast ein Problem und wir möchten dir helfen, es zu beheben. Ich sag einfach du, das ist hier so üblich. Noch Fragen, sonst kann es von mir aus direkt losgehen." Karin hüstelte, die anfängliche Motivation hatte sich in Unsicherheit verwandelt.

„Ich bin nicht so wirklich in Form, und ich denke eine kleine Erkältung ist im Anmarsch, ist das ein Problem?"

„Das macht gar nichts, hier kommen nie fitte Leute hin, eher die mit e." Er lachte höhnisch.

„Und das bisschen Zirkeltraining, das wir gleich machen, schafft selbst ein Toter!" Er kicherte über seinen eigenen Witz, etwas zu laut wie Karin fand. Ihr Gesicht musste Bände sprechen, denn Phil schob direkt ein:

„Keine Panik, ich bin ausgebildeter Ersthelfer und bei uns ist noch nie jemand zu Schaden gekommen." Das „im Wiederbeleben bin ich immer der Beste bei Fortbildungen" klang wie ein billiger Anmachspruch in einer klebrigen Diskothek, aber das sollte an diesem Vormittag Karins kleinstes Problem sein.

„Ich gehe mal davon aus, in der riesigen Reisetasche befindet sich dein Sportzeug. Dann folge mir und ich zeige dir mal, wo du dich umziehen kannst." Mit diesen Worten öffnete er die Tür seines Büros, zog kurz den Kopf ein und ging ihr voraus, am Tresen vorbei und deutete mit, wie Karin jetzt bemerkte, zu kurzen Fingern, auf eine Tür mit der Aufschrift „Ladys". Karin nickte kurz und betrat die Umkleide.

Das Wort Umkleide wurde diesem Raum allerdings in keiner Weise gerecht. Eher erinnerte sie der riesige Raum an die Empfangshalle eines Nobelhotels. Der Boden bestand aus riesigen Natursteinplatten, die an den Wänden hochzuwachsen schienen und in leichten Wellen etwa auf Hüfthöhe ausliefen. Darüber waren Spiegel in regelmäßigen Abständen angebracht, mit dezent beleuchteten Rändern. Karin zählte sechs gemauerte Bänke, die mit ihren auberginefarbenen Kissen eher an Liegen erinnerten. Vor jedem der, es waren zwölf, Spiegel stand ein schmaler Schminktisch im Vintage Stil. Karin war erstaunt, sie hatte mit einer Umkleidekabine wie in der Sporthalle der Schule gerechnet. Auch die dezente Musik, die aus unsichtbaren Lautsprechern kam, passte in dieses Ambiente. *Ergo Fit – Ihr Ort für wahres Wohlbefinden!* Der Slogan passte.

Als Karin den Raum hatte auf sich wirken lassen, erschrak sie. Aus dem Spiegel direkt vor ihr, schaute eine ziemlich übernächtigt wirkende Frau mit zerzausten Haaren und rot geflecktem Gesicht verstört in ihre Richtung.

„Oh mein Gott", durchbrach ihre Stimme die Stille. In einem hilflosen Versuch, ihre Haare ein wenig zu ordnen, machte sie alles nur noch schlimmer. Da fiel ihr die Reisetasche ein, die sie über der Schulter trug.

„Zum Glück, wo ist denn nur die Bürste?" Karin hatte die Tasche auf die nächstbeste Bank gestellt und warf alles heraus, was ihr bei der Rettung ihres Erscheinungsbildes nicht weiterhelfen würde. Die geliehenen Sportsachen, Saunatuch, ‚Die starke Frau von Morgen' ein Ratgeber für Jederfrau, Flip Flops und ihr Bikini. Dann endlich lag sie vor ihr, ihre Haarbürste. Eigentlich hatte die ihren Zenit schon lange überschritten, aber Karin hatte sich noch nie so über ihren Anblick gefreut. Mit geübten Griffen ordnete sie ihre Haare und steckte sie in Ermangelung einer Spange, mit einem Kugelschreiber hoch, soweit dies bei ihren kurzen Haaren möglich war.

„Geht doch, jetzt das Gesicht. Schminke, wo bist du?" Doch selbst wenn sie Ohren gehabt hätte, hätte die Schminke sie nicht hören können, denn diese lag in Karins Handtasche in Suses Küche auf dem Stuhl. Das fiel Karin in diesem Moment ein und kommentierte es mit einem „Scheiß' drauf!" So schnell sie konnte, streifte sie nun ihre Klamotten vom Leib und schlüpfte in die geliehenen Kleidungsstücke ihrer Freundin.

Um 11:23 Uhr trat Karin, mit hochrotem Kopf, Schweißperlen auf der Stirn und dem dringenden Bedürfnis wegzulaufen an den Tresen. Erleichtert stellte sie fest, dass außer ihr, Charleen und Phil nur noch zwei ältere Damen anwesend waren, die ihr aber keinerlei Beachtung schenkten, sondern auf ihren Sportgeräten fleißig schwitzten und dabei auf die Fernseher vor sich schauten.

An den Blicken der beiden Angestellten konnte Karin allerdings ablesen, dass sie mit Recht im Fluchtmodus war. Auch konnte sie es Charleen nicht verübeln, dass diese sich mit einem ‚Muss kurz was holen' prustend aus der Situation stahl. Phil dagegen kommentierte ihren Auftritt sichtlich amüsiert „Da erkennt man direkt die pragmatische Frau. Erstmal schauen, ob man überhaupt sportlich ist, bevor man sich was Schickes zum Anziehen kauft. Deine Kombination lässt allerdings auf einen sehr bunten Kleiderschrank schließen." Er wischte sich eine Träne aus dem Augenwinkel und forderte sie mit einer Handbewegung dazu auf, ihm zu folgen. Als sie an dem großen Spiegel für die Fitnesskurse vorbei kamen, konnte Karin ihren Fauxpas in ganzer Größe sehen. Die von Suse so gefeierten Leggins waren nicht komplett schwarz, wie sie gedacht hatte. Von den Knien abwärts zierte sie ein Leopardenmuster in Neonpink, was sich hervorragend mit den knallorangen Turnschuhen biss und in krassem Kontrast zu ihrem mintfarbenen T-Shirt stand. „Jackpot!", hätte Suse mit Sicherheit gesagt, wäre sie dabei gewesen. Aber, da das Beste ja bekanntlich zum Schluss kommt, wunderte Karin sich nicht wirklich, als sie an den älteren Damen vorbeikam und diese mit einem „Das sieht ja zum Anbeißen aus," auf ihren Hintern zeigten. Karin drehte sich so zum Spiegel, dass sie ebenfalls bewundern konnte, was da auf ihrer Rückseite für Aufmerksamkeit sorgte. Auf ihrer linken Gesäßhälfte glitzerte ein Himbeertörtchen, aus Glitzersteinchen.

„Ich will nach Hause!!!", dachte sie nur und ließ den Kopf hängen.

Nach einer kurzen Einleitung ließ Phil sie sich eine viertel Stunde auf einem ‚Liegefahrrad' warm machen. Karin tat wie ihr geheißen und versuchte nicht auf ihn und Charleen zu achten, die zusammen am Tresen standen und offensichtlich ihren Spaß an Karins Outfit hatten. Karin wurde sauer, auf sich, diesen Phil, Charleen, die Welt, einfach auf alles. Als ihr Sportgerät mit einem Piepen anzeigte, dass sie mit ihrer Aufwärmphase fertig war, war sie so gereizt, dass sie mit den Worten „Geht es jetzt weiter oder muss die Jury noch weiter über mein Outfit beraten?" abstieg und auf die zwei lachenden Angestellten zu marschierte. Kurz darauf kam es Karin wie eine gefühlte Ewigkeit vor, in der sie auf dem auf dem Rücken liegend ein Brett mit den Füßen wegdrücken, mit dem Rücken eine Stuhllehne nach hinten schieben, nochmal Radfahren, steppen und andere komischen Verrenkungen machen musste.

Als sie mit der ganzen Tortur fertig war, reichte ihr Phil einen großen Becher mit Wasser. Sie nahm ihn schweigend, trank den halben Liter in einem Zug aus und reichte den leeren Becher wortlos zurück an Phil, der sichtlich beeindruckt war, von Karins Trinkstil.

„Kannst du das auch mit harten Sachen?" Karin ignorierte den Kerl und stieg auf das Laufband, welches Phil schon für die ‚Cool-down' Phase ihres Trainings eingestellt hatte.

Als sie damit fertig war, bemerkte sie, dass er verschwunden war. Auch Charleen war nirgends zu sehen. Eine der älteren Damen kam gerade aus der Umkleide und bemerkte anscheinend ihren suchenden Blick „Charleen bereitet den nächsten Kurs vor und Phil druckt sicherlich gerade deine Auswertung aus. Mir gefällt dein Stil. Nicht so überheblich wie die meisten hier. Bleib so!" Mit diesen Worten verließ die Frau das Studio und Karin blieb mit ihren Gedanken alleine zurück.

„Klar, da will man einmal etwas für sich tun, rafft sich auf und was passiert, alles läuft schief und man wird zum Gespött der Leute. Danke für nichts!“, sprach sie zum Schluss laut aus und richtete ihren Blick zur Decke, als würde dort oben jemand sitzen, der die Fäden ihres Lebens in der Hand hielt.

Als die Eingangstür aufging und eine Handvoll Männer das Studio betrat, die meisten jenseits der fünfzig, war ihr alles egal. Sollten sie doch blöde Sprüche machen und sich anschließend darauf einen runter holen.

Karin ging hoch erhobenen Hauptes zum Tresen und setzte sich auf einen der Hocker.

Doch wider Erwarten waren die Männer bei ihrem Anblick verstummt, hatten sich möglichst unauffällig in Richtung der ‚Men‘ Umkleide geschoben und waren da drinnen verschwunden, schweigend.

„Soll mir auch recht sein, scheinen ja hier alle durchgedreht zu sein“, stellte Karin fest, als ihr Blick zufällig auf die Tafel neben der großen Spiegelwand fiel ‚Jeden Dienstag 11:45 Uhr- Fit im Schritt‘ Karin ging mal wieder lachend zu Boden.

Gerade als sie sich wieder auf den Hocker zog, ging Phil‘s Bürotür auf und er winkte sie zu sich.

„Deine Auswertung ist fertig, draußen oder drinnen?“, Karin verstand nicht, was er meinte. Aber er deutete ihr Zögern wohl so, dass er ihr die Ergebnisse am Tresen, also draußen, mitteilen sollte.

„Na gut, fangen wir an.“ Nach einem gefühlt unendlichen Vortrag über das tolle und unfehlbare Computerprogramm, einer weiteren Darstellung über Eiweiße, Kohlehydrate, Enzyme und andere Dinge, die Karin nicht verstand und auch nicht wirklich interessierten, kam er endlich zum Punkt:

„Und somit hat das Programm errechnet, dass du ein biologisches Alter von“, er musste in seine Unterlagen schauen und senkte den Blick, „48 Jahren hast. Herzlichen Glückwunsch!“

In diesem Moment hob er den Blick wieder und ihm fiel wohl auf, dass Karin keine der älteren Damen war, die hier sonst vorbei kamen und somit sicherlich keine Glückwünsche für ein solches Ergebnis bekommen wollte. Sein Lächeln verschwand, als er Karins eisigen Blick sah.

„Mein Vorteil ist, dass es nicht unmöglich ist, fit zu werden und mich neu einzukleiden. Aber was dich betrifft Phil," sie spuckte seinen Namen regelrecht aus, „Hirn fällt eher selten vom Himmel! Du ARSCH!", damit schlug sie ihm seine Unterlagen aus der Hand und stürmte in die Umkleide, vorbei an den Männern der Fit im Schritt Gruppe, die gerade aus der ihren kamen.

„Das ist mal ein Wort!", kommentierte einer der Herren Karins Auftritt und erntete dafür die Zustimmung seiner Kollegen. Mit herablassenden Blicken gingen sie an Phil vorbei zu ihrem Kurs. Auch Charleen war Zeuge der Auseinandersetzung geworden und versuchte Phil, der recht verstört dreinblickte, aufzubauen:

„Man, was war das denn wieder für 'ne Tussi? Vom letzten Wochenende oder was? Du solltest echt aufpassen, wem du da in der Disko schöne Augen machst."

Phil räusperte sich:

„Sei leise! Immerhin haben wir so jede Woche zwei bis drei Vertragsabschlüsse mehr. Die Tussi's unterschreiben für zwei Jahre, kommen drei Wochen her und dann zahlen sie nur noch. Ist doch geil!"

„Klar, aber die war ja schon voll alt, wo hast du die denn aufgegabelt und was willst du mit der?"

Bevor Phil antworten konnte, vernahmen die zwei Lästermäuler ein Räuspern hinter sich „Wenn es den Herrschaften recht ist, wir wären so weit", forderte einer der Kursteilnehmer Charleen auf, mit dem Kurs zu beginnen. Just in diesem Moment kam Karin, frisch geduscht und etwas entspannter als beim Betreten, aus der Umkleide.

„Sein Niveau heben", antwortete Karin für Phil auf Charleen's Frage und verschwand durch die Tür nach draußen. Der nette Kursteilnehmer begann vergeblich den zwei ‚Grazien' das Wort Niveau und dessen Bedeutung zu erklären.

Ein folgenreicher Abend

Karins Küchenuhr stand auf 17:53 Uhr, Karin stand auf einem Stuhl.

„Ihr Arschkopf - Nudeln, kommt raus!!! “, entfuhr es ihr genervt bei dem Versuch, die Nudel mit Hilfe eines Holzlöffels aus dem obersten Regal und der hintersten Ecke ihres Küchenschranks zu angeln.

„Also Spaghetti würde ich ja essen, aber Arschkopfnudeln? Wonach schmecken die?“, kommentierte Suse den Ausruf. Sie war bepackt mit einer großen, verdächtig klimpernden Tüte und Karins Handtasche. Nachdem sie die Küche betreten hatte, warf sie Karins Schlüssel auf den Tisch.

„Man Suse, erschreck‘ mich nicht so. Fast wäre ich abgestürzt“, schimpfte Karin und erreichte gerade mit den Fingerspitzen die Nudeltüte.

„Aber nur fast! Und zur Not hätte ich schnell den Super Pop 100 eingeschaltet und, bevor du den Boden berührt hättest, wäre eine Decke aus Popcorn auf dem Boden gewesen und du wärst weich gefallen“, versuchte Suse ihre Freundin zu besänftigen.

„Ach Mist, du hast ja gar keinen Super Pop 100, zum Glück bist du nicht gefallen. Die Flaschen hier eignen sich nicht zum Abstürzen.“ Fröhlich pfeifend räumte sie den Inhalt der Tüte unter Klappern und Klirren in den Kühlschrank. Karin sah im Augenwinkel wie drei Flaschen Sekt und eine Flasche mit verdächtig buntem Inhalt in ihrem Kühlschrank verschwanden.

„Also, nachdem, was ich da gerade in meinen Kühlschrank habe wandern sehen, kann man damit ganz gut abstürzen." Karins Laune hob sich wieder.

Suse nahm an dem gemütlichen Bauerntisch Platz und erinnerte Karin mit gespieltem Tadel:

„Du schuldest mir eine Erklärung." Karin sah, wie ihre Freundin eine Augenbraue hochzog und die Arme vor der Brust verschränkte.

„Dein Aufbruch heute Morgen war filmreif. Nicht mal der schlechteste One Night Stand war so schnell durch die Tür wie du heute."

Karin war nicht, noch nicht, in der Stimmung für Erklärungen, daher lenkte sie ein.

„Probier' mal die Soße!" Ohne eine Antwort abzuwarten, schob sie Suse den Holzlöffel in den Mund.

„Extra viel Pecorino." Bevor Suse etwas dagegen tun oder auch nur sagen konnte, hatte sie den Löffel im Mund und sofort waren ihre Gedanken nur noch auf die Geschmacksexplosion in ihrem Mund gerichtet. Sie liebte Karins Nudeln Formaggio. Karin kannte ihre Freundin zu gut und wusste, dass es nur eine Sache auf der Welt gab, die größer war als Suses Neugier – ihre Liebe zu gutem Essen.

„Du hast dich mal wieder selbst übertroffen. Herrlich! Mehr davon." Bevor Suse den Herd erreichen und die Soße leer löffeln konnte, deutete Karin mit dem Kopf in Richtung Tisch. Dort stand eine Flasche Weißwein. Mach doch schon mal zwei Gläser voll. Die Nudeln sind jetzt fertig und wenn du die Sachen vom Tisch nimmst, kann ich decken. Wir können essen und ich erzähle dir von meinem Tag."

Eine Stunde, 500 Gramm ‚Arschkopf Nudeln' a la Formaggio und eine Flasche Wein später herrschte eine angenehme Atmosphäre in der Küche. Karin lehnte sich laut atmend zurück und ließ die Szenerie auf sich wirken. Durch das gekippte Fenster drangen leise die Geräusche der Fußgänger und Autos herauf, die Küche roch nach gutem Essen und dem teuren Parfüm ihrer Freundin und in ihr breitete sich eine angenehme Ruhe aus. Den ganzen Frust des Vormittags hatte sie sich von der Seele geredet. Sie dachte daran, wie gut ihr Leben doch war. Sie hatte die beste Freundin der Welt, einen großartigen Sohn, meistens mochte sie ihren Job und so schlimm war das Alleinsein auch nicht. Immerhin hatte es sehr viele Vorteile. Zum Beispiel ... „Hallo? Jemand zu Hause?“ Suse stupste Karin an und fuchtelte ihr gleichzeitig mit der anderen Hand direkt vor den Augen herum.

„Entschuldige, was?“, erst jetzt merkte Karin, dass Suse Tränen in den Augen hatte, nein eigentlich im ganzen Gesicht, ihre Mascara war verlaufen und der ganze Kopf war rot. Aber nicht etwa vor Kummer, im Gegenteil. Es lag an dem Lachanfall, der sie, ausgelöst durch die Ergo-Fit Geschichte, regelrecht durchgeschüttelt hatte. Immer noch kam ein Glucksen aus den Tiefen Ihres Zwerchfells.

„Du hattest nicht wirklich die Himbeertörtchenhose erwischt? Und dazu die Schuhe!“ Erneut wurde Suse von einem Auflachen geschüttelt.

„Ja doch, und dazu mein mintfarbenes Shirt“, stöhnte Karin leise auf. Ihr war es im Nachhinein immer noch peinlich, so in der Öffentlichkeit aufgetreten zu sein.

„Wahrscheinlich habe ich auch gestunken wie eine Feldhaubitze nach dem Vorabend.“ Bei dem Gedanken an den lustigen Popcornabend musste Karin ebenfalls lachen.

„Karin, Du bist einfach die Beste! Aber nächstes Mal weihst du mich vorher ein, dann kann ich inkognito mitkommen und alles, live und in Farbe miterleben.“

„Natürlich aus reiner Freundschaft. Nicht aus Neugier oder so", zog Karin die Freundin auf und holte eine Flasche Sekt aus dem Kühlschrank.

„Wie dein Vater immer so schön sagt, ‚auf einem Bein kann man nicht stehen' also, her mit den Gläsern."

Mit einem Knall und sehr viel Schaum öffnete Karin die Flasche und schenkte die Gläser voll. Zu voll, der Großteil landete auf ihrer Hose „Iiihh!!! Kalt."

„Vorsicht, das gute Zeug!", beschwerte sich Suse und fing an den aus dem Glas laufenden Sekt vom Tisch aufzulecken.

„Auf dem Boden ist auch was", bemerkte Karin mit einem Augenzwinkern und verschwand im Bad um sich umzuziehen.

Karin hatte sich schnell geduscht und huschte gerade vom Bad in ihr Zimmer, als sie auf dem Flur kurz innehielt und in Richtung Wohnzimmer horchte. War das ihr PC, der da ratterte?

„Suse, was machst du?"

„Nichts, ist Toms Geburtstag immer noch aktuell?", Karin schüttelte den Kopf und ging weiter in ihr Zimmer. Eine Antwort brauchte sie gar nicht zu geben, denn das ‚Tadaaa' ihres PCs verriet ihr, dass Suse erfolgreich ihren PC ‚geknackt' hatte.

Als sie kurz darauf das Schlafzimmer verließ, war es verräterisch still in der Wohnung.

„Das kann nichts Gutes bedeuten.", dachte Karin und erinnerte sich an die unzähligen Situationen, in denen Tom als kleines Kind verdächtig leise gewesen war. Hinterher hatte dann das Bad trocken gelegt oder gar das Kinderzimmer renoviert werden müssen. Und bei Suse wusste man nie!

In ihrem langweilig grauen ‚Einteiler', wie Tom ihren Jumpsuit immer nannte, und einem Handtuch um die Haare, betrat Karin skeptisch das bis auf den PC Monitor im Dunkeln liegende Wohnzimmer.

„Lebst du noch?", eine Antwort bekam sie nicht, nur ein leeres Glas und ein Kopfnicken in Richtung der Sektflasche. Sie verstand, füllte Suses Glas nach und ging ihr eigenes aus der Küche holen. Bei der Gelegenheit nahm sie die dritte Flasche direkt aus dem Kühlschrank. Mit der Flasche unter dem linken Arm, ihrem Glas in der einen Hand und einem Küchenstuhl in der anderen Hand, bugsierte sie sich zurück zum Schreibtisch. Leider gelang es ihr nicht, den Stuhl leise abzustellen, dafür hätte sie den Sekt fallen lassen müssen, was nicht zu verantworten gewesen wäre. So landete der Stuhl mit lautem Gepolter neben Suse, die erschrocken aufsprang, sich aber gleich wieder setzte und auf die Tastatur stürzte.

„Bitte nachfüllen, es ist so warm hier, dass der Sekt immer direkt verdunstet", befahl Suse.

Karin leerte ihr eigenes Glas in einem Zug, musste kurz an den dämlichen Kommentar von Phil denken, und tat wie ihr geheißen. Sie reichte Suse das aufgefüllte Glas und setzte sich neben sie.

„Danke, Himbeertörtchen."

„Himbeer - was?"

„Himbeertörtchen, dein Profilname. Als Foto habe ich das coole Bild von der Beachparty genommen."

„Welche Beachparty?", wollte Karin wissen und versuchte auf dem Monitor irgendwas zu sehen. Aber Suse hatte sich so breitgemacht, dass sie nicht wirklich was erkennen konnte.

„Mein 28. Geburtstag, schon wieder vergessen?"

„Jetzt checke ich gar nichts mehr, wo soll das denn gewesen sein? Ich dachte, du hättest letztes Jahr zum ersten Mal in der Strandbar gefeiert." Irgendwie bekam Karin die Informationen nicht richtig sortiert. Nachdenklich trank sie ihren Sekt aus. Suse drehte sich zu ihr um, „Ja eben, das Foto ist total aktuell und ich feiere jedes Jahr den 28. Geburtstag. Ich werde nicht älter, nur besser", beteuerte sie, drehte sich zum Bildschirm zurück und tippte eifrig weiter. Da Karin nicht so genau wusste, was Suse da machte und wie sie sich in der

Zwischenzeit beschäftigen sollte, trank sie einfach weiter Sekt. Als die Flasche leer war, ging sie in die Küche um eine neue zu holen. Doch da war kein Sekt mehr, nur noch die Flasche mit der bunten Substanz. Auch gut, dann halt so, entschied Karin, nahm zwei Wassergläser aus dem Schrank und schlenderte beschwipst zu Suse.

„Was anderes haben wir nicht mehr“, erklärte sie und öffnete den Drehverschluss, goss die zwei Wassergläser halbvoll und stellte die offene Flasche neben den Monitor.

„Trommelwirbel.“ Suse klopfte mit den Zeigefingern auf die Tischplatte.

„Online! So, das ist dein Account!“, sie strahlte Karin an und zeigte auf den Bildschirm. Karin sah auf dem Bildschirm ihr Foto und daneben das Wort Himbeertörtchen. Die anderen Textabschnitte konnte sie ohne Brille nicht lesen, zu klein.

„Account, wofür?“

„Zu deinem Glück! Hör‘ doch mal zu. So, hier klickst du drauf und gibst deinen Namen ein ‚Himbeertörtchen‘ dann ENTER und das Passwort: Suse28+“

„Ich komme nicht ganz mit, wie war das? Himbeere - Suse?“, mit einem Kuli in der Hand suchte Karin nach einem Blatt.

„Ich schreib dir später alles auf. Schau jetzt bitte!“ Suse zog ihr den Stift aus der Hand und zeigte erneut vor sich.

„Da ist dein Foto, man, verdammt sexy in dem Trägertop. Und die Haare so geil gelockt, da ging das ja noch mit den langen Haaren“, schwärmte Suse „Ja super, ein Haken!“

„Was denn für ein Haken?“, wunderte sich Karin.

„Das Bild ist freigeben. Jetzt können es alle User sehen.“

„Warum prüfen die das? Falls man zu hässlich ist?“ Karin kicherte, ihr Glas mit der bunten Flüssigkeit leerte sich rapide.

„Nein, du Dummdödel, falls jemand zu ‚offenherzig‘ auf seinem Bild ist.“ Suse hob demonstrativ ihren Busen und wackelte damit.

„Ah OK, verstehe“, lallte Karin und füllte ihr Glas nach.

Suse warf einen Seitenblick auf ihre Freundin, aber als sie gerade was zu deren Trinktempo sagen wollte, gab der Computer ein lautes PING von sich.

„Wer sagt‘s denn, die Vorschläge. Aber bevor wir da rein schauen, müssen wir noch ein paar Details klären. Hier gibt man zum Beispiel ein paar lockere Infos über sich ein. Ich habe da schon mal etwas vorbereitet.“ Sie räusperte sich demonstrativ und begann vorzulesen.

„Ich lache gerne.
Bin gerne mit Freunden unterwegs.
(Ab und zu bin ich auch mal gerne alleine).“

Karin runzelte die Stirn.

„Das soll jemand gut finden?“ Sie schüttelte den Kopf.

„Glaube mir, das findet keiner ansprechend. Ich fänd‘ das voll Kacke bei einem Kerl.“

„Na siehst du, da hast du es ja schon. Bei einem Mann wäre das ein No Go, du bist aber eine FRAU!“ Suse beachtete Karins Einwände nicht weiter und gab sich ihrem Schicksalspielen hin.

„Stopp mal!“, unterbrach Karin Suses Bemühungen.

„Seit wann bin ich denn gerne draußen in der freien Natur?“

„Man Karin, lass mich mal machen, du willst doch erst mal interessant rüberkommen. Und niemand möchte nur eine Frau, die immer in der Stube hockt und strickt! Außerdem hängst du doch andauernd im Park und als ihr noch das Haus hattet, warst du immer im Garten am buddeln und graben“, schimpfte Suse, die es langsam lästig fand, dass Karin an all ihren so unglaublich kreativen Ideen etwas zu meckern hatte. Genervt haute sie unsanft auf der Tastatur herum und klickte nervös mit der Maus.

PING

„Aaaahhh geil ...! Die ersten Kerle“, freute Suse sich und plötzlich war der Ärger verflogen. Karin sah verwirrt zwischen ihrem leeren

Glas, dem Bildschirm und Suse hin und her, aber da sie nur noch ein verschwommenes Leuchten auf dem Schreibtisch sah, widmete sie sich lieber der Flasche mit der bunten Flüssigkeit. Die konnte sie gestochen scharf in ihrer Hand erkennen.

Suse hingegen schaute wie hypnotisiert auf den Bildschirm. Dort öffnete sich gerade auf dem kompletten Bildschirm ein Foto, wie aus dem TUI Katalog. Ein braungebrannter Südländer, das Gesicht war auf Grund des abendlichen Zwielichts nur ungenau zu erkennen, saß auf einem klapprigen Holzstuhl, neben einem noch wackliger wirkenden Bistrotisch. Auf diesem stand eine Flasche Rotwein und ein halbvolles Glas desselben. Die ganze Szenerie wurde von dem alten Bauernhaus eingerahmt, vor dem die Sitzgruppe aufgestellt war.

„Ich kann nicht mehr." Suse japste nach Luft.

„Will der einen Urlaub verkaufen oder ist das die italienische Ausführung von Bauer sucht Frau?" Suses Mascara, den sie vorhin neu aufgetragen hatte, wurde erneut Opfer der Tränen.

„Isch glaub Isch besorg dir mal äschten Mascara, der auch bei Wasser hält", brabbelte Karin beim Blick auf ihre Freundin, die mit dem Kopf auf dem Tisch lag und mit der Hand auf ihren Oberschenkel klopfte.

„Kneif mich, das ist zu gut, um wahr zu sein. Lies mal, was der schreibt."

„Geht nix", nuschelte Karin und Suse holte tief Luft und las vor.

„Hallo Schönheit, was sucht denn eine Frau, wie du, hier? Das hast du doch gar nicht nötig!!!" Suse machte eine Atempause und trank auch mal was aus ihrem Glas.

„Bevor ich dein Foto sah, dachte ich immer, es gibt keine Liebe auf den ersten Blick. Aber du hast mich eines Besseren belehrt. Ich lege dir die Welt und Achtung, jetzt kommt's, *meine FINKA zu Füßen. Wähle mich und du wirst die Königin meiner Welt."* Suse brach ab, ihre Stimme wechselte in Oktaven, die Gläser zum Platzen bringen konnten.

„Wenn du den nimmst, darfst du wahrscheinlich den ganzen Tag seine Mutter auf dem verrotteten Hof pflegen und nebenbei noch Ziegen melken.“ Karin schaute gespannt auf den Bildschirm und sah, sehr unscharf zwar, aber immerhin, dass Suse mit dem Cursor auf ein kleines X in der unteren Bildschirmecke klickte.

„Was ist das für‘n X?“ Suse, die Zeit sparen wollte, erwiderte nur kurz:

„Weg mit dem Dreck!“

„Und wenn er mir hätte gefallen haben sollte,... Du weißt schon.“ Karins Sprachzentrum schien gerade dem Alkohol zum Opfer gefallen zu sein.

„Dann geht man auf der linken Seite auf das Herzchen. Hier schau.“ Suse tippte mit der Hand auf die andere Bildschirmecke.

„Der Nächste bitte! Aha, der ist doch süß. Der Name ist auch gut. *IchmagSommer007.* Braune Haare, leichter Hundeblick und Dreitagebart. Was sagst du?“ Suse klickte auf das Herz in der unteren Bildschirmecke.

„Isch weiß nisch. Der kommt mir so berühmt vor. Nee, ich mein‘ be.. be... ach, du weiß was isch mein.“

„Bekannt?“, half Suse ihrer Freundin, „der sieht halt aus wie viele. Ich schau mal was der schreibt. Ups! Was habe ich jetzt gemacht?“ Auf dem Bildschirm erschien eine Art Fragebogen, der sich allerdings nicht wegklicken ließ.

„Na gut, dann eben erst den. Die wollen wissen, was für einen Mann wir suchen. Also du. Bereit?“

„Allzeit breit“, grinste Karin und verstand weder, was Suse gefragt hatte, noch was diese von ihr verlangte.

„Statur? Es gibt:
Zu viel des Guten
Bisschen mehr
Normal
Gut gebaut

Hammer.

Ich nehme mal normal, ja?“ Karin nickte einfach nur, sie versuchte gerade den Deckel der Schnapsflasche als Glas umzufunktionieren und füllte immer tröpfchenweise Schnaps rein.

„Erscheinungsbild“ Suse war in den Fragebogen vertieft und bekam nichts mit.

„Attraktiv
angenehmen
normal
ist nicht wichtig?
Was die für Fragen stellen, wer denkt sich so‘n Mist aus?“

Unter leisem Klicken und erneutem Tippen auf der Tastatur, füllte Suse den Fragebogen weiter aus. Ob nach ihrem Geschmack oder dem von Karin war nicht so ganz klar. Anscheinend war doch ein Teil der Fragen, stark verzögert aber immerhin, bei Karin angekommen. Denn sie meldete sich plötzlich mit „angenehm. Das Erscheinungsbild muss angenehm sein. Nicht dass ich den nirgends mit hinnehmen kann, weil er so ungepflegt ist. Wie so‘n Troll.“ Suse lachte „Du bist immer so pragmatisch! So, der Fragebogen ist durch. Jetzt mal zum Postfach. DA!“ Karin fuhr unter dem Aufschrei ihrer Freundin zusammen, „Pajioo, 32 Jahre aus D. Er will dich treffen. 1,88, friedlich“ Suse prustete los.

„Zu ehrlich? Wie soll das gehen. Männer können nicht ehrlich sein. Nur zu blöde, um gut zu lügen! Ah, da steht‘s, der Haken, er ist geschieden. Brauchen wir nicht, bist du selber. Und X.“

„Mir wird schlecht,“ meldete sich Karin von der Seite.

„Wegen dem Foto oder dem Text?“, wollte Suse wissen, aber da hörte sie auch schon das Würgen von Karin. Hektisch sprang sie auf, schnappte sich Karin und zog sie in Windeseile ins Bad. Leider hatten die zwei in der Hektik nicht bemerkt, dass die Flasche Buntes bei diesem Manöver umgefallen war. Der Deckel lag irgendwo auf dem Boden und so lief das restliche Drittel des Inhalts langsam über den Schreibtisch und tropfte, wie in Zeitlupe, vom Tisch hinunter auf den PC Tower. Welcher, unter leisem Zischen, den letzten Rest Lebensenergie aushauchte. Zu diesem Zeitpunkt hatten die Freundinnen das Badezimmer gerade noch rechtzeitig erreicht und bemühten sich um Schadensbegrenzung.

Schicksal

Dididi, dididi, „Sei leise!“ Karin tastete mit der linken Hand ungeschickt auf ihrem provisorischen Nachttisch nach dem Wecker.

„Mama, das ist so peinlich. Wenn den jemand sieht. Voll lächerlich.“, hatte Tom damals gesagt, als sie nach dem Umzug in die jetzige Wohnung in Ermangelung eines Nachttisches sein altes, knallbuntes Plastikparkhaus mit drei Etagen neben ihr Bett gestellt hatte.

„Immerhin hat es einen Aufzug und eine eingebaute Tankstelle.“, hatte Karin gewitzelt und sich vorgenommen, das Teil schnellstmöglich auszutauschen.

Jetzt ärgerte sie sich das erste Mal darüber, dass sie dies nicht schon längst getan hatte. Denn der Aufzug an der Hinterseite wurde ihr nun zum Verhängnis. Durch ihr ungezieltes Herumpatschen auf dem Oberdeck hatte sie das Smartphone immer weiter zum Aufzugschacht geschoben und Plumps! Es war hinein gefallen. Und da der Aufzug sich im Erdgeschoss befand, blieb es zwischen Erdgeschoss und erster Etage im Schacht hängen und verkeilte sich, penetrant weiter piepend.

„War klar.“, stöhnte Karin und setzte sich im Bett auf. Ihr Kopf dröhnte, was durch das andauernde Piepen des Smartphoneweckers in ein stechendes Brennen hinter den Augen überging.

„Jetzt reicht‘s mir aber.“ Sie schwang sich aus dem Bett und kniete sich vor das Parkhaus. Nach einem kurzen Versuch von oben an das Smartphone zu gelangen, gab sie sich geschlagen. Bäuchlings liegend, auf dem künstlichen Schaffell eines schwedischen Möbelhauses, ein Geschenk von Suse zum Einzug, griff sie in die erste Etage und tastete sich langsam zum Aufzug vor. Nach einer gefühlten Unendlichkeit, zig Flüchen, die ihre Oma aus dem Grab geweckt hätten, und einem abgebrochenen Fingernagel, hatte sie es geschafft. Neben ihrem Smartphone hatte Karin noch 3,42 € in Kupfermünzen, einen verloren geglaubten Lippenstift und ein paar abgelaufene Kondome aus der 1. Etage geholt. Die Kondome kamen ihr komisch vor, aber da sie sich nicht wirklich an den gestrigen Abend erinnerte, konnte es gut sein, dass Suse diese an einem ähnlich verlaufenen Abend, mal mitgebracht und einfach dort deponiert hatte.

„Für den spontanen Notfall," wie Suse es nennen würde. Nur hatte Karin nie ‚Notfälle', zumindest nicht dieser Natur. Die Kondome landeten im Küchenmülleimer, der Lippenstift auf der Ablage im Bad und das endlich nicht mehr piepende Smartphone irgendwo dazwischen.

Sie fand es später neben der ‚Traumprinz Spardose' wieder, in welche sie die 3,42 € gesteckt hatte. Einen Traumprinz würde sie von dem Geld sicherlich nicht kaufen können. Aber vielleicht mal ein Traumwochenende in einem SPAR Hotel.

Die Kopfschmerzen gingen langsam weg, Karin hatte sich zwei Tabletten eingeworfen.

„Doppelt hält besser!" So saß sie an ihrem Küchentisch, über einen zu starken Kaffee gebeugt und versuchte, es zu genießen. So wie jeden Morgen. Kaffee, Küche und noch kein Kind. Zumindest immer bis sie Tom zur Schule wecken musste. Aber der war ja noch glücklich unter Palmen. Zumindest nahm sie das an, denn die Nachrichten und Fotos, die sie in der vergangenen Woche von Tom erhalten hatte, sprachen dafür. Tom braun gebrannt und mit Cocktailglas in der Hand am Strand, Tom beim Beachvolleyball mit Papa, Tom am Buffet, Tom beim Bananen- Bootfahren und ein Video von Tom.

Das hatte sie sich noch gar nicht angeschaut. Sie ging ihr Smartphone suchen, fand es an der Spardose im Flur und öffnete die Videodatei. Das einzige, was ihr, mit offenem Mund in der Küchentür stehend, dazu einfiel, war FREMDSCHÄMEN!!!!

Das Video zeigte ihren Ex mit seiner Neuen beim Karaokesingen an der Hotelbar. Es war irgendein schnulziges Duett von Maite Kelly und Roland König oder Kaiser? Wie auch immer, die zwei waren ziemlich blau, er schaute die ganze Zeit in ihren Ausschnitt, als würde seine Duettpartnerin zwischen den künstlichen Titten sitzen. Immerhin trafen sie jeden 8. Ton und das Publikum schien nicht verärgert zu sein, zumindest flogen keine Flaschen.

„Hab' noch mehr von dem Zeug!!!", stand unter dem Video und ein Emoji, der vor Lachen auf der Seite lag und heulte.

Danke, das reichte schon. Vielleicht als Druckmittel bei der nächsten Unterhaltsdiskussion.

„Zahl mal endlich die volle Summe und pünktlich oder das geht auf Youtube online." Wobei, wenn sie sich das recht überlegte, der hatte immer so viel Glück, der Penner, der würde mit dem Scheiß auch noch berühmt werden und Kohle scheffeln. Karin löschte das Video und nahm sich vor, die Fotos von Tom am Nachmittag in der Drogerie auszudrucken.

Erschöpft ließ sie sich wieder auf den Stuhl am Fenster fallen und lauschte mit geschlossenen Augen auf ihre Umgebung. Der Kühlschrank brummte munter vor sich hin. Die Uhr im Flur tickte hörbar und im Hausflur wischte jemand die Treppe und stieß immer wieder gegen das Geländer.

„Diese Ruhe, herrlich!" Karin schaute auf, ihre Küchenuhr zeigte 12:53 Uhr an. Karin hatte das Gefühl, schon seit Stunden wach zu sein, aber die Weckzeit ihres Smartphones hatte auf 12:00 Uhr gestanden. Ach ja, der Wecker, wieso hatte sie den nochmal gestellt? Da ihr kein Grund einfiel, öffnete sie die Weckfunktion am Smartphone und schaute nach, ob sie einen Text eingegeben hatte.

Nicht direkt, bemerkte sie, ein Text war da, allerdings hatte ihn Suse wohl am Vorabend unbemerkt eingestellt.

„Guten Morgen süße Maus, Gruß S" stand da auf dem Display. Zudem war wohl auch eine Nachricht von Suse in der Nacht eingegangen. 06:50 Uhr? Was macht Suse so früh? Vor allem, was war gestern Abend noch passiert? Karin öffnete die Nachricht:

„Hi Maus, bin schon am Flughafen. Heute Meeting in London, anschließend Konferenz, Konferenz, Konferenz,... Bin Samstagmittag zurück. Mach kein Scheiß! *Schmatz*" Karin legte ihr Smartphone zur Seite. Dienstreise, wie das wohl so war? Tolle Hotels, neue Leute, schick Essen gehen.

Eine Sache wurmte Karin immer öfter, ‚Wie macht Suse das bloß?' Immerhin hatten sie beide gestern getrunken oder besser gesagt gesoffen. Karin sah man natürlich an, dass es ihr nicht guttat. Vor allem dauerte es immer ein bis zwei Tage, bis sie wieder regeneriert war. Suse hingegen stand am nächsten Morgen auf, duschte kalt, ein bisschen Schminke und auf zu neuen Taten. Oder Untaten, je nachdem.

Karin nahm sich vor, ihre Freundin bei Zeiten nach dem Geheimnis zu fragen.

Um nicht weiter in Trübsal zu versinken, machte sie Pläne für den Tag, gründlich durchwischen, Toms Kleiderschrank ausmisten und vielleicht mal alleine in die Stadt und was Neues zum Anziehen suchen. Damit es ihr beim Putzen nicht zu öde wurde, wollte sie ihre Kopfhörer holen.

„Was ist das denn? Neiiiin!", hörte sie sich selber schreien, als sie vom Flur ins Wohnzimmer kam.

Beim Anblick des Chaos fielen ihr bruchstückhaft die Szenen vom Vorabend wieder ein. Sie und Suse, der PC, der Sekt, das bunte Zeug, Karin würgte unwillkürlich. Ob auf Grund der Erinnerung an den Alkohol oder den Geruch, der im ganzen Raum hing, konnte sie nicht sagen. Sie wollte nur eins: Lüften.

Auf dem Weg zur Balkontür hob sie schon mal die Decken und Kissen auf, die verstreut auf dem Boden lagen. Diese bugsierte sie direkt zum Lüften ins Freie auf den Liegestuhl und sog genussvoll die frische Herbstluft ein.

Als sie wieder ins Wohnzimmer trat, bemerkte sie, dass ihr PC Tower nicht wie gewohnt auf dem Boden unter dem Schreibtisch stand, sondern oben auf dem Tisch.

„Oje, was haben wir da nur gemacht?", wunderte sie sich und erblickte dann einen Post IT Zettel „Sorry Maus, ich ersetze ihn dir, versprochen. Bussi." Karin stöhnte, „Nie wieder Alkohol!" Dann griff sie sich die Kopfhörer aus dem Regal neben dem Fernseher und startet ihre melancholische Liebeskummer Playlist. Aber nach dem ersten Lied war ihr das zu anstrengend. Sie wechselte auf ‚Sportmix' und tanzte wenig später mit ihrem Putzlappen und laut mitsingend durch die Wohnung.

Es war 15:24 Uhr, als Karin sich einen Pullover überstreifte und frisch geduscht und stolz auf ihren erfolgreichen Putzanfall die Wohnung verließ. Keine Minute später betrat sie diese wieder und angelte eine Jacke von der Garderobe. Es war kalt geworden. Für Oktober nicht verwunderlich, aber Karin hatte die letzten Sonnentage wie selbstverständlich hingenommen.

Mit Steppjacke und Schal ging sie wenig später durch die kleine Fußgängerzone ihrer Heimatstadt und überlegte, ob sie in einer kleinen Boutique oder dem ansässigen Kaufhaus wohl besser aufgehoben wäre. Sie entschied sich dafür, in Richtung des Kaufhauses zu schlendern und in die Schaufenster und Auslagen der Boutiquen zu schauen. Es nieselte und sie hatte den Kragen ihrer Jacke hochgeschlagen, um nicht ganz so schnell nass zu werden. Ohne Erfolg, ein Ende des Nieselregens war nicht in Sicht, eher leichter Anstieg. Karin beschloss, durch die nächste Tür einen der kleinen Läden zu betreten und sich somit vor dem Regen zu schützen. Vielleicht gab es ja dort einen Schirm käuflich zu erwerben.

Mit eingezogenem Kopf und hochgestelltem Kragen schob sie sich hastig durch die Tür und unterdrückte das Bedürfnis, sich wie ein nasser Hund zu schütteln. Stattdessen drehte sie sich mit dem Gesicht zur Tür, zog dabei ihre Mütze ab und schaute auf den inzwischen monsunartigen Regen.

„Was für ein Hundewetter, kommen sie rein. Ich gebe ihnen gerne ein Handtuch. Mensch, sie sind ja ganz nass.“, trällerte eine fröhliche Männerstimme hinter Karin. Etwas zu überschwänglich für Karins Geschmack. Sie drehte sich um, doch sah sie nur noch einen leicht hin- und herschwingenden, tiefroten Vorhang hinter dem Kassentresen, der ihr verriet, dass die Stimme wohl gerade dahinter verschwunden war.

„Ähm das ist nicht nötig.“, rief Karin vorsichtig in Richtung Vorhang, doch da kam auch schon ein Stapel Handtücher mit zwei Beinen in schwarzen Leggins mit ziemlich steilen Absätzen an den Pumps auf sie zugetänzelt.

„Ach was Schätzchen, hier ist die Kundin König, komm mal her.“ Bevor Karin sich versah, hatte ihr die freundliche Person ein Handtuch über den Kopf geworfen, so dass sie immer noch nicht sehen konnte, mit wem sie es da eigentlich zu tun hatte. Mit schnellen, bestimmten Bewegungen wurden ihr Kopf, die Schultern und der Nacken trocken massiert.

Da Karin nicht wusste, wie ihr geschah, konnte sie die Situation nicht so recht genießen, sondern stand nur da und ließ es geschehen. Aus Mangel an Reizen lauschte sie der Musik, die Melodie kam ihr bekannt vor, aber den Text, sie tippte auf spanisch, verstand sie nicht. Trotzdem begann sie unbewusst, leise mitzusummen.

„Ja, ich liebe dieses Lied auch. Ich muss immer fast weinen, wenn es läuft. Aber mein Herz meint, es gefällt den Kunden und deshalb läuft es mehrmals am Tag. Manchmal schaffe ich es einfach nicht und heule wie ein Schlosshund. Deshalb haben wir auch immer Unmengen von diesen Taschentuchboxen unter der Kasse.

Ich meine, wie sieht das denn aus, wenn ich da mit verheulten Augen und verlaufenem Mascara stehe. Das wäre ja eine Tragödie, eine Tragödie. Meinen sie nicht auch? So, ich glaube, das meiste Wasser haben wir entfernt. Wollen sie mal schauen? Wo stecken sie denn?“ Karin war ganz schwindelig. Noch nie hatte sie einen Mann so schnell und melodisch reden hören. Geschweige denn so viel in ganzen, zusammenhängenden Sätzen. Aber das, was da vor ihr stand und sie aus türkisblauen Augen anstrahlte, war definitiv ein Mann. Zwar nicht sehr groß, er reichte ihr gerade mal so bis zur Nase, aber mit penibel gestutztem Bart, kurzem hochgestyltem Haar und einem liebevollen und sympathischen Lächeln.

„Danke, schwul“, Karin hustete, um ihren Versprecher zu überdecken „Dankeschön, vielen Dank. Entschuldigen sie mein Auftreten. Der Regen hat mich total überrascht und ich bin mehr oder weniger zu ihnen hinein geflüchtet. Haben sie vielleicht einen Schirm zu verkaufen?“ Entweder hatte er ihren Versprecher in seiner aufgeregten Wuselei um sie herum nicht verstanden oder er überspielte es geschickt. Auf jeden Fall benahm er sich noch genau so freundlich und aufmerksam wie zuvor.

„Ach Schätzlein, das war nicht der Regen, das war Schicksal. Es war dir vorherbestimmt, bei mir zu landen.“Er zwinkerte ihr verschwörerisch zu und klopfte ihr auf die Schulter. Bevor Karin jedoch darauf etwas sagen oder irgendwie reagieren konnte, redete er schon weiter:

„Wie unhöflich, ich habe mich noch gar nicht vorgestellt. Giuseppe Rossini, aber Freunde nennen mich Seppe.“ Fragend schaute er sie an. Karin war von der ganzen Situation so überrascht, dass ihr die Worte fehlten. Giuseppe legte leicht den Kopf schief und lächelte noch breiter. Karin räusperte sich, dies verstand Giuseppe anscheinend als Aufforderung für noch mehr Service.

„Ach herrje, das hätte ich mir ja denken können,“ säuselte er ganz heiser.

„Meine Liebe, warten sie, ich mache schnell einen Espresso und dazu ein Wasser, das weckt die Lebensgeister." Lautlos, aber mit einer unbeschreiblichen Eleganz war er abermals hinter dem Vorhang verschwunden. Karin nutzte den Moment, um sich zu sammeln und zu schauen, wo sie da eigentlich rein geplatzt war.

„War ja klar." Sie lachte laut auf. Das Ladenlokal hatte etwa eine Größe von 40 m^2. An drei Wänden waren Regale angebracht, aber nur etwa 1,50 m in der Höhe. Die vierte Wand bildete das Schaufenster, in dem sich drei niedrige Podeste mit der sehr geschmackvollen Ware befanden. In der Mitte der hinteren Wand war ein Tresen mit Kasse und übersichtlicher Auslage, hinter dem der kleine mit dem Vorhang verhängte Durchgang war. Die Mitte des Raums nahm ein gemütlich wirkendes, im selben Rotton wie der Vorhang gehaltenes Sofa ein. Zwei weitere kleine Podeste rahmten es ein und auch dort standen ein paar sehr bequem und teuer aussehende Schuhe. Ja, sie war in einer Schuhboutique gelandet. Es musste ein sehr schicksalsträchtiger Tag sein, denn mit Schuhen hatte Karin eigentlich so gar nichts am Hut. Klar hatte sie Schuhe, aber das auch nur aus dem einen Grund, um ihre Füße darin zu verstauen.

Und solche eleganten und sündhaft teuer wirkenden Schuhe, wie sie hier dargeboten wurden, hatte sie weder einmal besessen noch anprobiert. Es klimperte hinter der Kasse und Karin fand ihre Stimme wieder.

„Karin." „Karin!", trompetete Giuseppe heraus und hätte vor Begeisterung fast den Kaffee verschüttet.

„Welch ein Zufall, meine Mutter heißt Carina. Ich habe sofort gesehen, dass du etwas Besonderes bist." Karin konnte sich gar nicht so schnell in Sicherheit bringen, wie Giuseppe die Tasse und das Wasserglas abgestellt hatte und wieder um sie herum hüpfte und in ihren Haaren und ihrem Gesicht herum fummelte.

„Diese Reinheit, du strahlst sie aus jeder Pore aus. Nichts gegen deine Poren, du hast eine ziemlich reine Haut für dein Alter, aber über das Alter einer Dame sprechen wir hier nicht. Meine Liebe, du bist es wirklich, rein.“ Karin drehte sich, buchstäblich, sie versuchte durch ein Hin- und Herdrehen ihres Oberkörpers den Berührungen dieses ziemlich überdrehten Herren zu entkommen. Da dies jedoch alles nichts half, fing sie an, mit den Füßen ebenfalls in kreisförmigen Schritten auszuweichen.

Aber Karin wäre nicht Karin gewesen, wenn das nicht ohne Folgen geblieben wäre. Giuseppe war sicherlich ein toller Tänzer und da auch sicher der weibliche Part, denn er folgte jeder ihrer Bewegungen, als hätte er diese vorausgeahnt. Nur leider hatte Karin nicht vorausgeahnt, dass sie dem kleinen eleganten Sofa viel zu nahe gekommen war. Mit einem Aufschrei fiel sie rücklings über das Sofa, hielt sich aus Reflex an Giuseppe fest und die zwei landeten zusammen halb auf und halb hinter dem Sofa.

Stille. Dieser schnelle Richtungswechsel hatte Giuseppe anscheinend die Sprache geraubt. Dafür fiel Karin wieder ein, was sie hier eigentlich wollte.

„Das ist ja alles total lieb und auch spannend. Ich meine, mein Name, ich habe die Bedeutung noch nie nachgeschaut, aber eigentlich brauche ich nur einen Schirm und dann muss ich auch schon weiter.“ Karin rollte sich langsam unter Giuseppe heraus vom Sofa und stand auf. Dieser hatte sich anscheinend wieder gefangen.

„Ach, das muss dir doch jetzt nicht unangenehm sein, ich bin es gewohnt, dass die Frauen mich umwerfend finden.“ Zurückhaltend kicherte er.

„Die Männer doch bestimmt auch.“ Karin hatte das Gefühl, etwas Nettes sagen zu müssen. Denn irgendwie mochte sie diesen quirligen kleinen Kerl.

„Also nochmal von vorne.“ Karin ging zur Tür, drehte sich davor zu Giuseppe um. Dieser saß verdutzt auf dem Sofa und schaute sie leicht irritiert an.

„Hallo, ich bin Karin, die Reine, wie ich heute erfahren habe. Ich bin 34 Jahre alt und habe Schuhgröße 39,5. Ein Espresso wäre jetzt genau das richtige." Sie strahlte, jetzt sogar mit Giuseppe um die Wette, der ihre kleine Vorstellung rührend fand und eine Träne verdrückte. Plötzlich hatte Karin tatsächlich das Gefühl, das Schicksal habe sie hierher geführt.

Als Karin am Abend auf ihrer Couch saß, mit einem Paar samtweicher, dunkelblauer Schuhe mit nicht ganz so mörderisch hohen Absätzen vor sich auf dem Tisch, ließ sie sich die Ereignisse aus dem kleinen Schuhpalast noch einmal durch den Kopf gehen.

Nach ihrem 2. Start, wie sie es später genannt hatten, waren Karin und Giuseppe gar nicht mehr aus dem Reden heraus gekommen. Einen Espresso nach dem anderen hatten sie getrunken. Karin hatte sämtliche Modelle in ihrer Größe anprobiert, die sich im Laden befunden hatten. Letztendlich hatte sie sich aber unwiderruflich in ‚die blauen Schönheiten', wie sie sie selbst nannte, verliebt. Während der ganzen Zeit hatte sie Giuseppe ihr Leben erzählt und auch er hatte ihr einen tiefen Einblick in sein buntes Leben gewährt.

Irgendwann hatte Giuseppe Karin dann ihre Zukunft aus dem Kaffeesatz des Espressos gelesen, „Mmmhh? Komisch, ich sehe eine Beere? Mit Sahne? Irgendwas zu essen? Wolltest du in die Gastro - Branche wechseln?!" Karin hatte ihn amüsiert angeschaut und sich einfach über den herrlichen und unverhofften Nachmittag gefreut. Kurz darauf war Giuseppes Freund, sein Herz, Thorsten, erschienen und hatte die beiden darauf aufmerksam gemacht, dass es schon zehn nach sieben war und der Laden eigentlich schon geschlossen hatte. Nach kurzer Vorstellungsrunde hatte Giuseppe Karin mit zahlreichen Küssen und Umarmungen verabschiedet. Karin hatte zum Abschied versprochen, demnächst mit ihrer Freundin Suse vorbei zu kommen. Giuseppe hatte zum Abschied geweint und Karin war sich sicher gewesen, beim Verlassen der Boutique dasselbe Lied wie beim Betreten gehört zu haben.

Einen Schirm hatte sie keinen mehr gebraucht, zwar war die Sonne schon untergegangen, aber sie hatte den Regen mitgenommen.

Jetzt saß Karin einfach nur da, eine Tasse Apfeltee in der Hand und freute sich über ihre neuen Schuhe.

Die Einmischung

„Töchterchen! Endlich. Lass dich drücken.“, mit diesen Worten zog Hermann Mechten Karin zu sich und schlang seine Arme um sie. Sie liebte das, in diesen Momenten fühlte sie sich immer in ihre Kindheit versetzt. In die Zeit, als alles noch so einfach und leicht war. Und selbst wenn es mal ein Problem gegeben hatte, Papa war da gewesen, hatte es gerichtet und ihr das Gefühl gegeben, alles wird gut.

„Du zerknitterst ihre Bluse, wenn du sie so fest drückst.“, kam es, in gewohnt schnippischem Ton, aus dem Hausflur. Margret Mechten, Karins Mutter kam aus der Tür.

„Ach Kindchen, endlich, das Essen verkocht mir noch. Hast du zugenommen? Die Bluse spannt so?“ Na toll, herzlicher ging es ja kaum.

„Keine Ahnung, meine Waage ist davon gelaufen.“, gab Karin zurück und ging hinter ihrem Vater her ins Haus.

„Denk daran, deine Schuhe auszuziehen!“, rief ihre Mutter noch über die Schulter, sie war schon wieder in der Küche verschwunden.

„Ich muss dich vorwarnen, deine Mutter hat ein Attentat auf dich vor. Ich habe alles versucht, aber sie lässt sich nicht von ihrem Plan abbringen.“ Betreten öffnete Hermann die Tür zum Wohnzimmer, in dem sich auch der gemütliche Eichenholztisch befand, an dem die Familie seit Karins frühesten Erinnerungen immer schon gegessen hatte.

Sie verstand nicht so recht, was ihr Vater meinte, er hatte zum Tisch gezeigt, aber es war alles wie sonst auch. Die weißen Platzdeckchen, Teller, Besteck, Gläser. Alles für vier Personen.

„Was meinst du?", wollte Karin von Ihrem Vater wissen und genau in dem Moment, in dem sie die Türglocke hörte, machte es Klick!

„Tom ist doch gar nicht da! Wieso vier Teller?" Doch ihr Vater war schon an der Haustür und ließ gerade die Person herein, für die höchstwahrscheinlich der vierte Platz gedeckt war.

Es war höchst ungewöhnlich, dass Margret, anscheinend zeitgleich mit ihrem Mann, an der Tür war und diese geöffnet hatte, denn Karin hörte sie quer durch den Flur trällern.

„Matthias, wie schön. Komm doch rein. Deine Jacke kannst du Hermann geben, der hängt sie auf. Die Schuhe kannst du natürlich anlassen. Bitte, immer herein. Hier entlang." Kurz überlegte Karin, über die Terrasse zu flüchten, aber es war zu spät. Die Wohnzimmertür öffnete sich zur Gänze und ihre Mutter kam herein geschwebt. Mit dem strahlendsten Lächeln auf den Lippen, das Karin je bei ihr gesehen hatte.

„Matthias, das ist unsere Karin. Sie ist heute ganz spontan vorbei gekommen, da sie in der Nähe zu tun hatte."

Hä? Karin verstand gar nichts mehr. Seit Wochen hatte ihre Mutter ihr eingeschärft, ja regelrecht befohlen, sich diesen Mittag freizuhalten und zu ihnen zum Essen zu kommen. Dass Tom nicht dabei sein würde, hatte ihre Mutter keineswegs gestört. Dabei war sie sonst immer eher zurückhaltend, wenn Karin ohne ihn vorbei kommen wollte.

Margret war nie wirklich über die Scheidung ihrer Tochter hinweg gekommen. Hatte ein Jahr Schwarz getragen, den Friseur gewechselt und was sonst noch. Reden tat sie seither auch nicht mehr mit ihr, außer belangloses Zeug und schnippische Anspielungen. Es hatte Karin schwer getroffen. Sie hatte damals das Gefühl gehabt, nicht nur ihren Mann und mit ihm ihren ganz persönlichen Lebenstraum, verloren zu haben, sondern auch ihre Mutter. Ihr Vater hatte immer zu ihr gehalten, hatte ihr Mut gemacht, sie aufgebaut und ihre Tränen getrocknet. Er war es auch gewesen, der irgendwann eingelenkt und seine Frau dazu gebracht hatte dieses theatralische Verhalten abzulegen und ihre gemeinsame Tochter wieder als diese zu behandeln. In diesem Punkt war Karin der Ansicht, dass Tom der Grund war. Ihr Enkel war Margret heilig.

Nun stand Karin hier im Wohnzimmer ihrer Eltern und erkannte ihre Mutter nicht wieder. Wie sie um diesen Matthias herum tanzte, ihm ein Glas Sekt reichte und irgendwelches Zeug faselte.

„Hast du auch das Gefühl im falschen Film zu sein?“, raunte ihr Vater ihr zu, als er auf Margrets Geheiß hin an Karin vorbei ging, um im Keller Wein zum Essen zu holen.

„Was hast du mit meiner Mutter gemacht und wer ist die Frau da oben?“, fragte Karin ihren Vater im Keller. Sie war ihm gefolgt, um der grotesken Situation zu entkommen.

„Rot oder weiß?“ Ihr Vater sah geknickt aus, ihm schien das Verhalten seiner Frau unendlich peinlich zu sein.

„Wir könnten durch die Kellertür raus, über‘n Zaun zu Webers und dann mit meinem Auto wegfahren.“ Karin funkelte ihren Vater verschwörerisch an. Er musste lachen.

„Daraus wird nichts, Matthias ist Kommissar bei der Kripo und würde sofort alle Straßen absperren lassen. Aus Angst vor dem Unwillen deiner Mutter, sollte er sich weigern, dies zu tun.“ Vater und Tochter lachten herzlich und betraten wenig später, immer noch aufgeheitert, das Wohnzimmer.

„Wo bleibt ihr denn? So schwer kann es ja wohl nicht sein, eine Flasche Wein zu holen“, rügte Margret die beiden und warf ihnen einen scharfen Blick zu.

„Mein Vater meinte, sie wären bei der Polizei. Ist etwas vorgefallen, dass sie heute hier sind?“, ging Karin in die Offensive. Ihre Mutter wollte gerade etwas einwerfen, doch da hatte Hermann sie schon durch die Tür in den Flur geschoben, „lass die zwei doch mal, die sind schon groß.“

„Das mit der Polizei stimmt. Vorgefallen ist jedoch nichts. Noch nicht." Er schaute besserwisserisch drein.

„Ich bin zur Sicherheitskontrolle hier und werde mir einen Überblick über die Schwachstellen des Hauses verschaffen. Anschließend werde ich ihren Eltern einen Bericht erstellen, was alles verbessert werden muss. Wenn sie möchten, komme ich gerne auch bei ihnen vorbei." Wieder dieser Oberlehrerblick. Karin war sprachlos von so viel Selbstdarstellung, was diesem Matthias anscheinend nicht auffiel. Er redete einfach weiter.

„Ich kann mir vorstellen, dass es sehr beunruhigend ist, als alleinstehende Frau mit einem kleinen Kind abends in der Wohnung zu sitzen und zu wissen, wie schnell man Opfer einer Straftat im eigenen Haus werden kann. Passt es ihnen Morgen?" Ein undefinierbares Grinsen trat auf sein Gesicht, welches jedoch die Augen nicht erreichte.

„Was sagt denn ihre Frau dazu, dass sie samstags bei anderen Frauen in der Wohnung nach ‚Schwachstellen' suchen?" Karin hatte die Hände gehoben und Gänsefüßchen in die Luft gezeichnet. Das Grinsen verschwand von seinem Gesicht und ein leicht verwirrter Ausdruck kam zum Vorschein.

„Na habt ihr euch beschnuppert?", platzte plötzlich Karins Mutter dazwischen, in der Hand eine Suppenschüssel.

„Setzt euch doch, dann können wir anfangen." Karin war froh über die ‚Störung'.

Während des Essens war Matthias sehr still, ob aus Höflichkeit, oder wegen ihres Kommentars wusste Karin nicht. Sie genoss die Stille und tauschte immer wieder Blicke mit ihrem Vater aus.

„So, den Nachtisch können wir gerne auf der Couch zu uns nehmen. Kindchen, hilfst du mir bitte beim Abdecken?", beendete Margarete das Essen und verschwand auch schon im Flur.

„Und was sagst du? Ein toller Mann nicht? Er ist 49 Jahre alt, NICHT geschieden.“ Ein eisiger Blick traf Karin, die gerade die Teller an der Spüle abgestellt hatte und Wasser einlaufen ließ.

„Seine Mutter besucht denselben Friseur wie ich und sein Vater war Filialleiter bei unserer Hausbank. Er ist vor fünf Jahren verstorben. Gott habe ihn selig!“. Sie bekreuzigte sich.

„Ich denke, er wäre genau der Richtige für dich. Ein verantwortungsvoller Mann, der weiß, worauf es im Leben ankommt.“

Karin schaltete ihre Ohren aus, was sollte das? Hatte ihre Mutter den Verstand verloren? Nicht geschieden, sollte Karin jetzt Zweitfrau werden. Oder hatte ihre Mutter vor, die Ehefrau zu vergiften? Zuzutrauen war es ihr. Den Ring an seiner Hand hatte Karin direkt gesehen, merkwürdig dass ihrer Mutter dieses Detail entgangen war.

„Ich denke, es wäre vernünftig, wenn er auch bei dir einmal die Sicherheit überprüft. Es gibt ja so viele Verrückte da draußen“, beendete Margarete ihren Monolog und zeigte mit dem Ellenbogen zum Fenster.

Am liebsten hätte Karin ihre Freundin Suse zitiert „Nur verrückte hier, komm‘ Einhorn, wir gehen!“, aber sie hatte keine Lust auf die Schimpftiraden ihrer Mutter. Daher schwieg sie, half beim Anrichten der Bayerischen-Creme und betrat ohne jeglichen Antrieb wieder das Wohnzimmer.

Ihr Vater und dieser Typ schauten sich gerade einen Bildband über den Ersten Weltkrieg an. Karin wunderte sich, ihr Vater hatte diesen einmal geschenkt bekommen, nur angeschaut hatte er ihn sich nie, soweit sie wusste. Wieso gerade jetzt? Doch die Antwort ließ nicht lange auf sich warten „Das ist wirklich erstaunlich, dass sie diese Sonderausgabe besitzen. Die Auflage liegt gerade mal bei 500 Stück. Den bekommt man nicht mal im Internet. Sie können sich glücklich schätzen. Ich würde so ziemlich Alles dafür geben, um ein solches Exemplar zu besitzen." Klar, der Typ war Kriegsfan, das passte!

Der Nachmittag zog sich wie Gummi. Zwar sorgte die Bayerische-Creme bei Karin für eine kurzzeitige Stimmungsaufhellung, aber unter den gegeben Umständen konnte sie sich nicht darüber freuen. Als ihre Mutter, ihren Mann vor sich her scheuchend, mit dem Geschirr vom Nachtisch den Raum verließ, stand Matthias aus seinem Sessel auf. „Jetzt haben wir mal Zeit, uns kennen zu lernen." Immerhin, ziemlich direkt der Typ. Zu direkt, denn er setzte sich zu Karin auf die 2er Couch und kam ihr unangenehm nah.

„Du bist also geschieden? Was hast du denn falsch gemacht? Am Aussehen kann es ja nicht liegen und was ich heute so gesehen habe, hast du auch anständige Manieren. Also, was war's? Schlechte Hausfrau? Oder hast du es deinem Mann nicht richtig bes...". Bevor er weitersprechen konnte, war Karin aufgesprungen und hatte ihn unsanft zur Seite gestoßen.

„Entschuldigen SIE mal! Was fällt ihnen ein? Sie sind Gast im Haus meiner Eltern und sprechen mit so einem losen Mundwerk zu einer Lady." Karin wunderte sich selber über die Wortwahl, sprach aber ungehindert weiter.

„Sie geben sich hier als ehrbarer ‚Bewerber' aus und sind noch nicht mal geschieden. Somit also noch verheiratet, was der Ring an ihrer Hand deutlich zeigt." Karin hatte ihrem Ärger Luft gemacht und setzte sich in den Sessel schräg gegenüber von dem Kerl, in dessen Gesicht ein schockierter Ausdruck lag, welcher jedoch von einem leicht lüsternen Lächeln abgelöst wurde. Bei Erwähnung des Ringes war er allerdings wieder zurückhaltender geworden.

Er räusperte sich.

„Ich verstehe, du hast die Befürchtung, ich wäre nicht frei. Jetzt verstehe ich deinen Ärger und das aufbrausende Verhalten" wieder dieses lüsterne Lächeln. Als er fortfuhr, trat ein sanfter Ausdruck in seine Augen.

„Ich kann dich beruhigen, der Ring ist von meiner Mutter. Er drückt die tiefe Sympathie und Liebe aus, die uns verbindet."

Mit einem Schlag war Karins Wut verpufft. Sie lachte los, lauter und wilder als je zuvor im Haus ihrer Eltern.

„Das passt!" Lautes Luftholen „Fehlt nur noch, dass sie noch bei Mutti wohnen." Karin wischte sich die Tränen aus dem Gesicht.

„Wieder," meldete sich Matthias stolz zu Wort.

„Seit dem Tod meines Vaters wohne ich wieder im Haus meiner lieben Frau Mama."

„Touché!", keuchend vor lachen stand Karin auf und holte ihre Jacke. Sprachlos blieb Matthias zurück. Im Flur begegnete Karin ihrem Vater. Der klopfte ihr im Vorbeigehen auf die Schulter und gab ihr zu verstehen, dass er sich später noch telefonisch melden würde.

Im Auto angekommen lachte Karin immer noch. Sie richtete gerade ihre Haare und überprüfte ihre Schminke, als sie in den Rückspiegel schaute. Dort sah sie, wie Matthias ebenfalls das Haus verließ. Jedoch hätte sie nicht erwartet, dass er ihrem Vater zum Abschied so freudig die Hand schütteln würde.

Sie wartete noch zehn Minuten, dann griff sie zum Smartphone. Nach dreimaligem Tuten nahm ihr Vater ab.

„Ja bitte?"

„Was hast du dem Kerl gegeben, dass er so freudestrahlend aus dem Haus ist?" Ein Kichern kam aus dem Hörer.

„Ich musste ihm erst mal mehr oder weniger Geleitschutz zur Tür geben. Der Arme wäre fast nicht heile aus dem Haus gekommen." Hermann war hörbar amüsiert.

„Verstehe ich nicht. Wieso Geleitschutz, vor wem musstest du ihn denn schützen?" Karin stand irgendwie auf dem Schlauch.

„Außer dir war doch nur noch Mama im Haus."

„Eben!", er wurde ernst.

„Ich habe Margret noch nie so fassungslos gesehen. Selbst nicht bei deiner Scheidungsgeschichte. Sie hatte im Flur gestanden, als Matthias dich nach dem Grund deiner Scheidung gefragt hat. Seine letzte Frage hat ihr den Boden unter den Füßen weggezogen." Ihr Vater erklärte, was vorgefallen war

„Eigentlich war sie zum Wohnzimmer gegangen, um Kaffeetassen zu verteilen. Doch sie kam auf einmal wieder zurück, immer noch mit dem Tablett in der Hand. In der Küche stellte sie es ab, ging zum Vorratsschrank und holte aus dessen Tiefen einen 40 % Marillenlikör. Ich dachte, ich seh' nicht richtig, als sie die Flasche öffnete und einen tiefen Schluck direkt daraus nahm. Dann erzählte sie, was sie gehört hatte." Karin schwankte zwischen dem sehr amüsanten ‚Kopfkino' und Verwunderung.

„Und dann?", fragte sie.

„Ich bin schnell in den Flur um ihm meine Meinung zu sagen und raus zu schmeißen, bevor deine Mutter ihre Küchenmesser gewetzt hatte."

„Da haben wir uns noch gesehen", dachte Karin laut.

„Genau, ich habe ihm klar und deutlich gesagt, er solle sich zum Teufel scheren und sich hüten, dir nochmal zu nahe zu kommen."

„Und dann hast du Mama mit den Messern abgewehrt oder wieso war er so dankbar an der Tür?"

„Nein, aber ich habe ihm den grässlichen Bildband gegeben und er war überglücklich. Und hat uns allen noch ein schönes Leben gewünscht." Jetzt lachten sie beide.

Suse ist zurück

„Wenn du mir nicht sofort verrätst, wo du diese genialen Pumps her hast, darfst du das Geschenk nicht öffnen." Suse schob den augenscheinlich recht schweren Karton, den sie bei der Ankunft an Karins Wohnungstür stolz präsentiert hatte, hinter sich auf den Esstisch.

„Damit kann ich leben." Karin zuckte in gespielter Gleichgültigkeit mit den Schultern und ging in die Küche.

„Ich habe leider nichts zum Kochen da. Nur Quark und eine alte Gurke", rief sie ins Wohnzimmer.

„Reicht immerhin für eine Gesichtsmaske", scherzte Suse und kam in die Küche.

„Also, sag schon, mit wem warst du wo shoppen? OHNE mich!" Suse schaute beleidigt drein und ließ die Schultern hängen.

„Hör' auf, du weißt doch, dass du die Einzige für mich bist." Karin umarmte ihre Freundin und erzählte von ihrem unverhofften Shopping Nachmittag.

„Da muss ich hin, haben die noch auf?" Suse befreite sich aus Karins Umarmung.

„Und danach lade ich dich zum Essen ein. Ich muss dir nämlich was erzählen", blinzelte sie geheimnisvoll.

„Jetzt setzt du dich erst mal hin, trinkst einen Tee mit mir und ich packe MEIN Geschenk aus. Falls du es vergessen hast, es ist Samstag, nach siebzehn Uhr und die Boutiquen in der Fußgängerzone haben schon seit sechzehn Uhr geschlossen." Karin goss Tee in zwei große Tassen mit Herzchenmotiven. Resigniert folgte Suse ihr ins Wohnzimmer.

„Na gut, aber wir gehen gleich noch was essen!“ Karin lachte und nickte Suse zu. Kurz darauf saßen die zwei am Esstisch im Wohnzimmer und Karin schaute erstaunt in den geöffneten Karton.

„Bist du noch zu retten? Der war doch sicher mega teuer!“

„Das!“, korrigierte Suse sie.

„Bitte?“, Karin kam nicht ganz mit.

„Es heißt DAS Notebook,“ erklärte Suse im Oberlehrerton.

„Und nein, es war nicht mega teuer, sondern angebracht. Jetzt musst du auch nicht immer da am Schreibtisch sitzen, sondern kannst auch ganz bequem im Bett liegen und mit Tom skypen, wenn er mal wieder bei dem Ollen ist.“ Schweigen. Karin war zu überwältigt von diesem Geschenk und ließ es auf sich wirken. Wie oft hatte sie Suse davon erzählt, wie sie an ihrem alten PC sitzen musste und immer wieder das Modem ausfiel, so dass es nicht möglich war, in Ruhe ein Internettelefonat zu führen, geschweige denn mal einen Film online zu schauen, was Tom natürlich extrem uncool fand. Oft genug hatte sich Karin in den letzten Monaten Sprüche wie „Wir leben hier echt hinterm Mond!“, „Die Technik im Haus ist echt das Letzte!“ oder „Bis dein Rechner hochgefahren ist, hat Papa schon wieder drei neue gekauft“, anhören müssen. Jedes Mal hatte sie einen Stich verspürt und sich schuldig und mies gefühlt. In diesem Moment empfand sie einfach nur tiefe Zuneigung zu ihrer Freundin, die so großzügig zu ihr war. Ohne dies jemals zu kommentieren oder raushängen zu lassen. Eine wahre Freundin eben.

Karin schaute ihre Freundin an und freute sich auf die gemeinsamen Stunden an diesem Abend. Suse tippte derweil wie wild auf ihrem Smartphone herum.

„Ich habe übrigens nichts gehört“, stellte Suse nach einiger Zeit fest.

„Was denn gehört?“ Karin schaute verwundert drein.

„So was wie: Danke allerbeste Suse. Du bist die Größte!" Lachend fiel Karin ihrer allerbesten Freundin um den Hals und gab ihr einen dicken Kuss auf die Wange. Denn sie wusste, dass dies nur gespielt war.

„Heb' dir das Geknutsche lieber für Morgen, ich meine später, auf", wehrte Suse sie ab und steckte ihr Smartphone weg, um mit hungrigem Blick aufzuspringen.

„Let's go!"

Kurz darauf waren die zwei auf dem Weg zum Abendessen.

„Hier links!" Suse hatte beschlossen, zu müde zum Fahren zu sein und Karin den Vortritt gelassen.

„Was willst du denn im Gewerbegebiet? Hat da was Neues aufgemacht?"

„Neu nicht, aber altbewährt. Da habe ich jetzt voll Bock drauf. Die Woche gab's immer Häppchen und Buffets. Da brauche ich jetzt mal was Anständiges. Am Kreisverkehr dahinten geradeaus, dann siehst du's." Und Karin sah es, das große gelbe M, es strahlte wie der Stern von Bethlehem in die Nacht.

„Nicht dein Ernst." Karin stöhnte. Tom erklärte sie immer, wie umweltschädlich deren ganzer Verpackungskram war und wieso sie sich weigerte, mit ihm da hinzugehen. Und jetzt fuhr sie selbst bei Nacht und Nebel hin.

„Sag bloß Tom nichts von unserem Besuch", flehte sie Suse an „Sonst habe ich demnächst große Probleme mit meiner Glaubwürdigkeit." Suse zeichnete mit den Fingern einen Heiligenschein über Karins Kopf, „Mach ich, ich werde schweigen wie ein Grab."

Für einen Samstagabend war wenig los und die beiden brauchten nicht einmal zu warten, sondern konnten direkt bestellen.

„Ein bisschen wie damals, als wir uns heimlich hierhin geschlichen haben, weil die Brennnesselsuppe deiner Mutter einfach scheußlich geschmeckt hat", erinnerte sich Suse „Und satt hat sie auch nicht gemacht" ergänzte Karin und verzog das Gesicht bei der Erinnerung.

Als sie kurz darauf mit zwei vollen Tabletts an einem Tisch in einer Nische saßen, mit hervorragendem Blick über den Raum, fand Karin Gefallen an der Sache. Und vor allem schmeckte es wie damals.

„Als würde man die Uhr zurückdrehen. Es war eine klasse Idee von dir."

Suse, die mal wieder für drei bestellt hatte, schwelgte ebenfalls im Glück.

„Ich weiß gar nicht, wo ich anfangen soll, alles so verlockend." Sie entschied sich für den größten ihrer drei Burger und biss herzhaft zu.

„Klasse!", brachte sie unter Kauen hervor.

„Was wolltest du mir eigentlich sagen? Du hattest vorhin so was erwähnt", wollte Karin wissen, während sie genüsslich ihre Cola durch den Strohhalm saugte.

„Ach, nicht so wichtig. Ich hatte nur überlegt, dass wir uns morgen vielleicht zum Kaffeetrinken treffen sollten. Am See soll ein tolles Café wieder aufgemacht haben."

„Du und Café? Ich dachte, du gehst nur für herzhafte Dinge aus dem Haus."

„Ach, Schätzlein, für dich würde ich auch in einen Pool voller Eiscreme springen." Den halben Burger hatte sie schon weg, „Ein Kollege hat mir die Woche davon erzählt, die müssen die besten Törtchen der Stadt haben. Du liebst doch Himbeertörtchen!" Suse schmunzelte geheimnisvoll und bei dem Wort Himbeertörtchen blinkte bei Karin ein Gedanke auf, erlosch aber sogleich wieder.

„Von mir aus, mit deinem oder meinem Wagen?"

„Wir müssen leider getrennt dahin, ich habe vorher noch was zu erledigen." Suse sprach ungewöhnlich stockend, „Beruflich", schob sie noch hinterher.

„Soll mir recht sein," Karin bemerkte Suses ungewöhnliche Sprachstockungen nicht und genoss einfach das Hier und Jetzt.

„Dann komme ich mit dem Rad. Es soll ja recht warm werden über Tag. Ach so, wann überhaupt?“ Suse reagierte nicht, sie tippte irgendwas auf dem Smartphone.

„Wann?“, versuchte Karin es nochmal.

„Ja warte, ich muss da noch was klären, bezüglich eines Termins vorher. Geduld!“

„Suse, wie lange kennen wir uns jetzt? Du weißt doch, Geduld ist für mich keine Tugend, sondern ein Unding.“ Suse lachte.

„Ich weiß, aber da musst du jetzt mal durch.“ Eine Zeitlang sagte keine von beiden etwas. Suse war mit ihrem Smartphone beschäftigt und Karin kaute genüsslich auf ein paar kalten Pommes. Dabei beobachtete sie die andern Personen im Raum. Es waren überwiegend Jugendliche. Wahrscheinlich hatten einige gerade den Führerschein gemacht und freuten sich über die neue Freiheit. Ein ungleiches Paar fiel ihr auf, das gerade durch die Tür trat. Von ihrem Platz aus konnte sie die beiden nur von hinten sehen, aber der Anblick war sehr amüsant. Sie mit blonder, toupierter Mähne, im eleganten, aber viel zu kurzen, schwarzen Kleidchen auf gefährlich wackelnden Pfennigabsätzen, irgendwie deplatziert in diesem Restaurant. Er hingegen trug eine alte Jeans und ein verblichenes Poloshirt, das seine besten Tage hinter sich hatte oder auf alt gemacht war, was es auch nicht besser machte. Sein Rücken glich einem alten Bauernschrank. Beim Hereinkommen hatte er sich an der Tür fast den Kopf gestoßen und damit seine lässige Frisur zerstört, die mit Sicherheit eine Packung Stylinggel benötigte, um so lässig oben zu bleiben. Aber wie auch immer, rein optisch passte das Paar so gar nicht zueinander. Karin schlürfte geräuschvoll den letzten Rest Cola durch den Strohhalm aus dem Becher und stellte bei näherer Betrachtung fest, dass ihr die Zwei irgendwie bekannt vorkamen. Da sie die beiden jedoch nur von hinten sah, konnte sie das ungleiche Paar nicht direkt einordnen.

„Na, die sind ja geil!“ Suse waren die Zwei inzwischen ebenfalls aufgefallen, anscheinend war ihr spontanes Smartphone Meeting beendet.

„Du, ich glaube, die kenne ich. Sind das irgendwelche Promis?“, wollte Karin von ihr wissen.

„Also, mir sagen die nichts, und mit Promis kenne ich mich aus, habe ja im Flieger immer Zeit, die neusten Klatschblätter zu lesen“, meinte Suse, die inzwischen bei ihrem dritten und letzten Burger angekommen war. Karin überlegte weiter.

„Wo habe ich diesen Schrank bloß schon mal gesehen? Auf der Arbeit? Nein! Beim Jugendfußball? Nee!“ Karin durchsuchte fieberhaft ihr Gedächtnis und irgendwie dämmerte was.

„Sport, warte mal!“ Suse kam jedoch zuerst der richtige Gedanke „Nach deiner Beschreibung von letzter Woche sind das die Analphabeten.“

„Aus dem Ergo Fit“ fiel Karin in Suses Überlegung mit ein. Als hätten es die zwei ‚Grazien‘ gehört, drehten sie sich um und kamen mit einem fast leeren Tablett in Richtung Nische, Phil und Charleen.

Als die zwei Anstalten machten, sich an den Nachbartisch zu setzen, stand Suse auf. In empörtem Ton kommentierte sie das ganze mit „Komm Liebes, das Niveau hier hat gerade seinen Tiefpunkt erreicht. Die lassen hier wirklich jeden rein.“ Karin hakte sich mit gerümpfter Nase bei Suse unter.

„Riechst du das auch, Süße? Dummheit mit einem Hauch Hirnlosigkeit.“

Im Vorbeigehen konnten sie sehen, wie Phil sich unter den Armen roch und fragend hinter den Freundinnen her schaute, während er seine Achselhöhle Charleen entgegenstreckte.

Draußen konnte Suse nicht mehr an sich halten.

„Die waren ja noch besser, als du sie beschrieben hast.“ Sie keuchte vor Lachen.

„Der Blick von dem Kerl, als er dachte, sein Deo hätte versagt! Geil!“ Suse stützte sich an der Wand des Gebäudes ab. Karin überlegte kurz, eine Papiertüte von drinnen zu besorgen, damit Suse nicht hyperventilierte. Aber Suse schaffte es unter Lachkrämpfen zum Auto, wo sie sich erschöpft vom Lachen auf den Beifahrersitz fallen ließ.

„Herrlich, lange nicht mehr so gelacht, eigentlich noch nie nüchtern.“ Suse wurde erneut von einem Lachanfall gepackt. Jetzt konnte auch Karin vor Lachen nicht mehr gerade sitzen und krümmte sich, bis sie mit dem Kopf auf die Hupe drückte. Sie schrak auf.

„Wir sollten öfter hier essen.“

„Ach, auf einmal, ich dachte, es wäre dir zu unökologisch und ungesund.“, erwiderte Suse, die langsam wieder Luft bekam.

„Das Essen schon, aber das Lachen im Anschluss holt alles wieder raus.“

„Immer auf die kleinen Dicken!“ Es war Sonntagmittag und Karin hatte den Vormittag in der Wohnung mit Faulenzen verbracht. Nachdem sie am Vorabend Suse nach dem Fastfood- Lachflash nach Hause gefahren hatte, war sie übermüdet ins Bett gefallen. Lachen war sehr anstrengend.

Jetzt schaute sie wütend auf ihr Fahrrad vor sich, der Hinterreifen sah verdammt platt aus.

„Einen wunderschönen Sonntag wünsche ich ihnen, Frau Kalter. Wen meinen sie mit dick? Doch nicht etwa sich selbst?“ Frau Schäfer aus dem Nachbarhaus war neben Karin getreten und begutachtete das Hinterrad mit neugierigem Blick.

„Die hat mir gerade noch gefehlt“, dachte Karin, die sich den Sonntag irgendwie anders vorgestellt hatte. So richtig kannte sie das Ehepaar Schäfer nicht, bei genauerer Betrachtung hatte sie mit niemandem in ihrem Haus oder den Nachbarhäusern zu tun. Frau Schäfer fiel ihr einfach öfter auf, weil diese abends immer laut vor dem Haus mit ihrem Mann redete, wenn sie mal wieder ihre drei Enkel verabschiedete. Mehr wusste sie auch gar nicht von der Frau, nur dass sie mindestens drei Enkel hatte und gerne Pakete für andere annahm.

„So ein Mist! Eigentlich wollte ich nur schnell das Fahrrad aus dem Keller holen, aus dem Jogginganzug raus, duschen und los“, machte Karin ihrem Ärger lautstark Luft.

„Jetzt auch noch den Reifen wechseln, na herzlichen Glückwunsch!“, schimpfte sie. Frau Schäfer legte ihr mütterlich einen Arm auf die Schulter „Frau Kalter, ich bewundere sie wirklich!

Ich weiß, ich habe ihnen das noch nie gesagt, aber wie sie das alles immer machen. Kind, Haushalt, das ehrenamtliche Engagement im Park, einfach toll!“ Karin schaute ihre Nachbarin fragend an und hatte keine Ahnung, was diese von ihr wollte. Frau Schäfer verstand den Blick wohl etwas anders.

„Ich kann ihren Blick verstehen. Ich war immer sehr, wie soll ich es ausdrücken, kühl zu ihnen. Aber das hatte nichts mit ihnen persönlich zu tun. Ich meine, dazu kennen wir uns ja auch nicht genug. Aber das ändert sich jetzt ja.“ Sie machte eine abwehrende Handbewegung und setzte ihren Monolog fort.

„Man, komm zum Punkt, ich muss noch weg“, motzte Karin innerlich und überlegte, wo sie überhaupt das Flickzeug hatte.

„Und eigentlich war es immer ein wenig Neid.“ Karin war sich nicht ganz sicher, was sie da gerade mit halbem Ohr gehört hatte. Neid? Wovon redete die Alte? Frau Schäfer sprach unbeirrt weiter.

„Seit 43 Jahren bin ich nun mit Gerald verheiratet, und wirklich, ich mag meinen Mann, aber unter uns Frauen, ohne ist sicher auch schön, oder?“ Ein sehnsüchtiges Lächeln huschte über Frau Schäfers Gesicht mit den freundlichen Lachfalten, wie Karin bei genauerem Hinsehen auffiel. Karin kam nicht mehr mit. Hatte diese neugierige Nachbarin, die anscheinend eine ganze Menge über sie wusste, ihr gerade erzählt, sie wäre neidisch auf sie? Karin Kalter, die alleinerziehende Mutter mit dem Hang zum Verkorksten?

„Ähm, ich möchte sie ja nur ungern bei ihren Ausführungen stören, aber ich habe gleich eine Verabredung und muss noch den Reifen flicken und mich fertig machen.“ Karin drehte sich zu ihrer Haustür und wollte reingehen. Da hielt Frau Schäfer sie am Arm fest.

„Eine Verabredung!“, juchzte sie „Ach meine Liebe, das ist ja wundervoll!“, bevor Karin auch nur Piep hätte sagen können, hing sie in den Armen der alten Frau und sendete ein Stoßgebet zum Himmel.

„Bitte, jetzt bloß kein Drama." So schnell, wie sie in die Arme gezogen wurde, so schnell war sie auch schon wieder frei und konnte die Begeisterung in Frau Schäfers Gesicht förmlich leuchten sehen.

„Ja so machen wir es!" Trällerte Frau Schäfer fröhlich. Karin verstand nicht.

„Entschuldigung, aber ich muss jetzt wirklich anfangen." Frau Schäfer unterbrach sie „Nein Liebes, du gehst jetzt hoch und tust, was eine Frau tun muss vor einer Verabredung. Ich kümmere mich inzwischen um das hier." Sie zeigte auf das Fahrrad.

„Ja, aber", Karin hatte keine Chance. Frau Schäfer bugsierte sie zur Eingangstür und schubste sie energisch ins Haus.

„Keine Sorge, mein Gerald kann sich jetzt endlich mal nützlich machen. Wenn sie gleich wieder runter kommen, erkennen sie ihr Rad nicht wieder." Sie strahlte voller Tatendrang und rannte über die Straße zu ihrem Haus.

Da Karin sich in diesem Moment überlegt hatte, das Auto zu nehmen und Fahrrad und Frau Schäfer einfach zu ignorieren, lief sie die Treppe hoch, um zu duschen und sich umzuziehen.

Dreiunddreißig Minuten später kam sie in ihrem Lieblingswollkleid mit passender Strumpfhose und Trenchcoat wieder aus dem Haus. Sie blieb wie angewurzelt stehen bei dem Anblick, der sich ihr bot. Vor der Tür standen Herr und Frau Schäfer, beide mit einem strahlenden Lächeln und leuchtenden Augen. Als beide, wie auf ein Kommando, zur Seite traten, konnte Karin den Grund für die Freude der beiden sehen ihr Fahrrad. Wenn man noch von ihrem Fahrrad sprechen konnte, denn nicht nur der Hinterreifen war gemacht, sondern auch die kaputte Bremsleitung war wieder befestigt, die fehlenden Katzenaugen waren ersetzt und die kaputte Klingel ausgetauscht worden. Zudem schien das Rad frisch gewaschen und poliert worden zu sein. Noch nie hatte das Aubergine so geleuchtet und gefunkelt.

„Ist es recht so?", fragte Herr Schäfer schüchtern, mit freudigem Blick.

„Ich, ich weiß gar nicht, was ich sagen soll, ich ..."

„Sie brauchen gar nichts zu sagen, ihr Gesicht spricht für sich! Mein Mann hat Schlosser gelernt und lange Zeit hatten wir einen kleinen Fahrradladen am Markt", erwiderte Frau Schäfer und schaute stolz zwischen ihrem Mann, Karin und dem Fahrrad hin und her.

„Daher haben wir immer noch ein paar Ersatzteile im Schuppen und es ist keine große Sache für mich gewesen, mehr eine große Freude", erklärte Herr Schäfer.

„Wie kann ich das bloß wieder gut machen?", wollte Karin wissen. Sie merkte, wie ihre Augen vor Rührung feucht wurden.

„Genießen sie einfach ihre Verabredung." Frau Schäfer drückte Karin erneut an sich und flüsterte ihr dabei ins Ohr:

„Und tun sie alles, was ich auch tun würde!" Karin konnte nicht anders und gab ihr einen Kuss auf die Wange, so sehr überwältigt von der Situation. Auch Herrn Schäfer umarmte sie überschwänglich, dann bedankte sie sich noch einmal aufs Herzlichste und radelte los.

In der Aufregung hatte sie ganz vergessen, die beiden darüber aufzuklären, dass sie bloß mit einer Freundin verabredet war. Aber das hätte den beiden sicherlich ihre Freude gehemmt und so wichtig war es ja nun auch nicht.

Es war vierzehn Uhr siebzehn, als Karin am ‚Café der Sinne' eintraf. Der Name überraschte sie etwas, aber wenn Suse es schon so hoch gelobt hatte, konnte man es ja mal versuchen.

Es war warm für Anfang Oktober und die Sonne schien schon den ganzen Tag ohne Unterlass. Kein Wölkchen war am Himmel auszumachen und der Wind war eher eine leichte Brise.

Neben der kleinen fünfstufigen Treppe war ein Fahrradständer. Außer zwei Kinderrädern war dort alles frei. Karin machte ihr Fahrrad mit dem Kettenschloss fest und zog ihr Kleid zurecht. Hätte sie nach dem Duschen geahnt, dass sie doch mit dem Rad fahren würde, hätte sie sich eine Jeans angezogen. Aber unverhofft kommt oft, sagte sie zu sich selbst und betrat die Treppe. Oben stand ein Schaukasten mit der Speisekarte und noch einigen Informationen über das ‚Café der Sinne'.

Genießen Sie bei uns stets frisch gemahlenen und für Sie aufgebrühten Kaffee, mit all Ihren Sinnen. Aus 18 verschiedenen Bohnen stellen wir Ihnen Ihre individuelle Mischung zusammen.

Unser gemütliches Ambiente lädt zum Verweilen ein. Lassen Sie uns Ihren Gaumen mit unserer täglich wechselnden Auswahl an handgemachten Torten und Blechkuchen verzaubern.

In unserem ‚Musikzimmer' bieten wir einmal im Monat Klaviersinfonien großer Meister an. Live.

(Bitte um vorherige Anmeldung)

Auf unserer großen Sonnenterrasse können Sie Ihren Blick über den See schweifen lassen. Der hauseigene Waldpfad bietet Ihrem Tastsinn die Gelegenheit, sich einmal ganz neu zu entdecken und dabei den Geräuschen des Waldes zu lauschen.

Karin staunte.

„Und ich dachte, man könnte in einem Café einfach Kaffee trinken, dass man mit geschärften Sinnen wieder raus geht, ist ja interessant." Voller Vorfreude und Neugier, ob es drinnen denn dann auch wirklich so zauberhaft war, wie man den Eindruck beim Lesen bekam, trat Karin ein.

Drinnen war gedämpftes Licht und es roch verführerisch nach frisch gemahlenen Bohnen und wie in einer Backstube zu Großmutters Zeiten. Musik hörte sie keine, was sie jedoch als angenehm empfand, da sie Dauerberieselung jeglicher Art eher störend fand, vor allem wenn diese zu laut eingestellt war. Links neben ihr war eine Garderobe an der Wand mit ein paar vereinzelten Jacken. Rechts ging es durch eine weitere Tür mit der Aufschrift Gastraum.

Karin betrat diesen und der Duft nach Kuchen und Kaffee wurde noch intensiver. Sie sah eine Auslage voller Köstlichkeiten vor sich. Von Butterkuchen über Cremetorten bis hin zu kleinen Obstküchlein gab es hier alles, was das Herz begehrte.

„Sie können hier eine Auswahl treffen, neben den Kärtchen mit der Bezeichnung der Kuchen steht immer eine Nummer." Eine Frau in Karins Alter war hinter den Tresen getreten und erklärte in freundlichem Ton:

„Sie brauchen sich lediglich die entsprechende Nummer zu merken. Bestellt wird am Tisch, die Bedienung kommt selbstverständlich zu Ihnen. Dort finden Sie auch unsere Karte, in welcher die verschiedenen Kaffeesorten ausführlich beschrieben sind. Sollten Sie trotzdem Fragen haben oder eine Empfehlung wünschen, wenden Sie sich gerne an unser Personal." Die Frau lächelte Karin freundlich an.

„Heute ist auch unsere große Sonnenterrasse geöffnet, der Ausblick auf die bunten Bäume am gegenüberliegenden Seeufer ist sehr zu empfehlen." Sie deutete auf eine Tür an der Seite des großen Speiseraums, die zur Seeseite führte.

„Vielen Dank, ich gehe gerne raus.", bedankte sich Karin und schaute beim Hinausgehen einmal kurz durch den Saal, ob Suse nicht doch vielleicht schon da war. Verabredet waren sie für halb drei gewesen, die große Wanduhr im Speisesaal läutete gerade dezent zur halben Stunde, als Karin die Terrasse betrat.

Es war herrlich, die Sonne stand über den Bäumen und warf funkelnde Lichter auf den See. Die Blätter der Herbstbäume leuchteten in ihrer tollsten Pracht und einige Vögel zwitscherten, gut versteckt, in den Bäumen.

Da alle anderen Besucher es vorgezogen hatten, drinnen zu bleiben, hatte sie freie Platzwahl. Sie setzte sich an einen Tisch an der Seite, mit direktem Blick auf den See. Dies schien die windstille Seite des Hauses zu sein, denn als Karin einen kurzen Moment saß, musste sie ihren Trenchcoat ausziehen, da dieser in der Sonne zu warm hielt.

„Haben Sie schon gewählt oder brauchen Sie Hilfe?", eine junge Frau, Typ Sportstudentin, war unbemerkt an ihren Tisch getreten und strahlte Karin mit lebenslustigen Augen an.

„Sie machen es richtig, ich würde mich auch hier draußen hinsetzen." Die Studentin atmete tief ein.

„Ich liebe diesen Duft aus Wald, See und Herbst." Die Augen hatte sie geschlossen. Karin schmunzelte, auch sie liebte diesen Geruch und auch sie war einmal so voller Vorfreude auf das Leben gewesen. Wieso war sie es jetzt nicht mehr?

„Und?", die Bedienung hatte sich wieder gesammelt und wartete geduldig.

„Ach so, ja, ich hätte gerne einen Kaffee mit Milch, einen milden mit wenig Säure, geht das?" Die Studentin nickte zustimmend und notierte sich etwas auf einem kleinen Notizblock.

„Kuchen dazu?" Karin schaute auf ihre Uhr, zwanzig vor drei, wo Suse nur blieb, ob sie warten sollte? Ach was, Suse würde auch nicht warten.

„Ja, bitte die Nummer 13. Mit Sahne."

„Hervorragende Wahl." Die Studentin zwinkerte ihr zu und verschwand, ebenso leise wie sie gekommen war.

Es dauerte eine Weile, bis die Bedienung mit den bestellten Leckereien wieder erschien. Karin hatte sich die Zeit damit vertrieben, auf dem Wasser Enten zu zählen, aber sie war immer wieder durcheinander gekommen. Zu viel Unruhe herrschte in der kleinen Gruppe Enten. Grund dafür war eine Familie, die sich, trotz mehrerer Verbotsschilder, zum Entenfüttern am Ufer eingefunden hatte. Beim Blick nach oben stellte Karin enttäuscht fest, dass sich am Waldrand die ersten kleineren Wölkchen zusammenzogen und sie überlegte, ob sie wohl trocken nach Hause kommen würde.

Himbeertörtchen

Als der herrlich duftende Kaffee und das unglaublich verführerisch duftende Himbeertörtchen vor ihr standen, war das Wetter vergessen. Ein Ausspruch kam ihr in den Sinn:

„Ich sehe eine Beere mit Sahne!? Irgendwas zu essen?", das waren Giuseppes Worte gewesen, als er sich in den Tiefen ihrer Espressotasse verloren und ihre Zukunft herausgelesen hatte. Damals hatte sie das Ganze weggeschmunzelt. Jetzt lief ihr ein kurzer Schauer über den Rücken. Schicksal?

„Nein!" Karin schüttelte den Kopf „Zufall! Reiner Zufall. Wenn nicht hier, hätte ich bestimmt irgendwo anders mal eine Himbeere mit Sahne gegessen, vielleicht ein Eis." Sie hätte gerne Suse nach ihrer Meinung gefragt, aber die Freundin war noch immer nicht eingetroffen.

Es war inzwischen kurz nach drei und Karin bekam schlechte Laune. Immerhin war es Suse gestern gewesen, die diese spontane und so gar nicht für sie typische Idee zu diesem Ausflug gehabt hatte.

„Dann eben ohne dich!" Karin trank einen großen Schluck von ihrem duftenden Kaffee und spürte, wie sich in ihr eine Ruhe ausbreitete, die sie ihren Ärger über Suse vergessen ließ.

„Jetzt zu dir kleines Törtchen." Voller Freude piekste sie mit der Gabel hinein, das Törtchen hatte keine Chance zu entkommen.

„Ehrlich gesagt, habe ich mir Kannibalen immer ganz anders vorgestellt", kam es von der Durchgangstür zum Café. Karin, die sich gerade genüsslich ihrem Himbeerörtchen mit Sahne hingeben wollte, fiel fast der Bissen aus dem Mund. Meinte der Kerl sie? Irritiert schaute sie sich um, aber außer ihr war niemand hier draußen auszumachen. Auf Grund des ungünstigen Sonnenstandes konnte sie jedoch nur eine schemenhafte Gestalt wahrnehmen, die sich eindeutig ihrem Tisch näherte.

„Meinen sie mich?“, entfuhr es ihr, in einem etwas ‚sehr schnippischen Mama-Ton‘. Zumindest wäre das Toms Meinung gewesen, wäre er hier gewesen. Doch leider war er nicht da. Sie war alleine. Nein schlimmer, da war ja dieser leicht bis mittelschwer gestörte Mensch, der sie des ‚Kannibalismus‘ an einem Himbeertörtchen bezichtigte! Pah!! Wie gestört konnte man sein? Karin hatte trotz der grotesken Situation das Bedürfnis, sich zu verteidigen.

„Ähm, ihnen ist schon klar, dass dies hier ein vegetarisches und ökologisch wertvolles und garantiert menschenfleischfreies Törtchen ist.“

„Das ist mir bewusst“, er lachte, „schließlich habe ich ja den Vorschlag gemacht, uns hier zum Kaffee zu treffen. Denn wie jeder weiß, gibt es hier die besten Himbeertörtchen der Stadt“, schwärmte der Kerl. Karin hatte das Gefühl, er erwarte, dass sie sich bei ihm, für seine großartige Idee, bedankte. Sie wollte weg, wo blieb bloß Suse oder zumindest die Bedienung? Eine Ente wäre auch besser als nichts. Aber nichts und niemand erschien, um ihr beizustehen. Bei ihrem Glück hatte der Psycho drinnen gesagt, sie wollen draußen erst mal nicht gestört werden. In ein paar Monaten würde man sie dann irgendwo verscharrt im Wald finden .... Ihr Blick fiel auf das Törtchen und lenkte sie von den düsteren Gedanken ab. Bei dessen Anblick war wieder das Gefühl da, etwas übersehen zu haben. Um von sich abzulenken, sagte sie in bewusst abweisendem Ton:

„Na, dann lassen sie ihre Verabredung mal nicht warten. Schönen Tag noch!“, und drehte sich demonstrativ von ihm weg. Sie schaute auf den See, der immer noch einladend im Nachmittagslicht funkelte.

„Der hat sie doch nicht alle! Ist bestimmt mit seiner Mutti verabredet! Oh Gott!!! Nicht, dass das dieser Matthias ist, der sich an mir rächen will?“ Sie erschrak bei dem Gedanken und drehte sich zurück, um nachzuschauen. Doch die Sonne schien ihr vollends in die Augen und sie schaute ruckartig nach unten.

„Ist Ihnen nicht gut? Sie sehen so blass aus“, war die Reaktion des Fremden, er kam immer näher. War das etwa Besorgnis in seiner Stimme?

„Ich ...“, weiter kam Karin nicht. Die Sonne wurde in diesem Moment von einer kleinen Wolke verdeckt und als sie wieder hochschaute, war er da, der Moment!

Sie wollte gerade zu einer Ansprache mit anschließenden Beleidigungen oder auch nur Verwünschungen ansetzen, diesem Spinner ihren ganzen Wochen- ach was, Lebensfrust um die Ohren hauen, da sah sie hinein, in die tiefsten dunkelsten braunen Augen der Welt.

„Sonne?“ Der ‚Spinner‘ schaute sie mit leicht schiefem Kopf und zuckersüßen Stirnfalten neugierig an.

„Was? Sonne? Oh, ich ähm ...“ Karin bemerkte einmal mehr, dass ihre Angewohnheit, die letzten gedachten Wörter laut auszusprechen einige Mitmenschen irritierend fanden.

„Ich sagte, schön hier in der Sonne.“ Sie grinste schief.

„Stimmt, und sorry für die Verspätung, ich hatte noch ein kurzfristiges Telefonat zu führen.“ Er zwinkerte Karin wissend zu, während er auf dem Stuhl gegenüber Platz nahm.

„Oh, das geht jetzt aber nicht, ich warte eigentlich auf meine Freundin.“ In Karins Kopf rasten die Gedanken und stolperten regelrecht übereinander. ‚Der ist ja der Hammer!‘ ‚Pass bloß auf, der ist ein Psycho!‘, ‚lieber Gott, darf ich ihn behalten?‘, ‚Lauf, solange du noch kannst,....‘

„Und uneigentlich?“, kam es von ihm. Dieses Lächeln war unglaublich, wie ein Sonnenaufgang am Meer, diese Stimme. Ein warmes Kribbeln meldete sich in Karins Bauch. Und dann diese Augen, als würde man in die Ewigkeit eintauchen!!!

Unauffällig schaute Karin nach links in die Fensterscheibe des Cafés und hoffte, keinen Sabber an ihrem Kinn hinuntertropfen zu sehen. Anscheinend bemerkte er den 'unauffälligen' Versuch, sich im 'Spiegel' zu betrachten, denn prompt kam ein „Warte, ich mach das."

Karin stockte der Atem. Hatte sie da wirklich etwas? Wie im Zeitraffer sah sie, wie er seine Hand nach ihr ausstreckte und kurz, bevor er ihr Gesicht berührte, innehielt.

„Ohne Bart gefällst du mir besser. Darf ich?" Ohne eine Antwort abzuwarten, strich er ihr über ihre Oberlippe und entfernte Karins Sahne-Bart.

Karin war der Ohnmacht nahe.

„Ding Dingeling Ding. Ding Dingeling Ding." SUSE stand auf Karins Smartphone, das neben ihrem Teller, auf Grund der Vibration, zu tanzen begann.

„Magst du nicht dran gehen?", amüsiert lächelte ‚der Spinner' sie an.

„Ja, doch. Hallo?" Karin war aufgestanden und ein paar Schritte auf den See zugegangen.

„Wo steckst du? Ich warte schon eine geschlagene halbe Stunde", raunte sie leise in den Hörer.

„Und, was sagst du? Habe ich das nicht super gemacht?", kam es voller Begeisterung und Eigenlob zurück.

„Hä? Seit wann ist Zuspätkommen eine beachtliche Leistung? Bei dir ist das doch eher normal."

Es polterte leise hinter Karin, im Augenwinkel sah sie, dass ‚Mr braune Augen' wieder aufgestanden war und sich vom Tisch entfernt hatte.

„Hörst du mir überhaupt zu? Karin? Hallo?"

„Ich ..., ja, nein, was hast du gesagt?" Karin war plötzlich den Tränen nahe. Erst dieser merkwürdige Spruch mit dem Kannibalen, dann dieser Blick. Was hatte er noch gesagt?

„Habe ich ja den Vorschlag gemacht, uns hier zu treffen." Karin dämmerte etwas, als ihr Blick auf ihr angegessenes Törtchen fiel.

„Himbeertörtchen!" Klatsch, sie haute sich die freie Hand gegen die Stirn.

„Der Nudelabend bei mir, der kaputte PC,..."

„... der Sekt, der Schnaps und dein Dating Profil" vollendete Suse überlegen den Satz, man konnte förmlich hören, wie sie dabei zufrieden grinste.

„Ja, ich gebe zu, ich habe an dem Abend totalen Mist gebaut, zumindest in Bezug auf den defekten Computer", kam es jetzt entschuldigend aus dem Hörer. Suse fing sich aber schnell.

„Ich wollte das wieder gut machen. Und glaube mir, lange Abende in Londoner Hotels geben einem viel Zeit für Ideen, beziehungsweise Mr. Zufall, der hat auch eine große Rolle bei dem ganzen übernommen."

„Ich verstehe zwar nur die Hälfte, wenn überhaupt, aber im Moment habe ich keine Lust mir das Ganze erklären zu lassen. Ich weiß nur eins. Hier war gerade der umwerfendste Typ der Welt und ich habe mich wie der größte Trottel angestellt", jammerte Karin geknickt, „weil ich absolut keine Ahnung hatte, was er von mir wollte, geschweige denn, was hier für eine Nummer abläuft."

„Wieso war?", unterbrach Suse Karins Mitleidstour.

„Er ist gegangen, als du angerufen hast." Karin selbst konnte die Enttäuschung in ihrer Stimme hören, „der war echt besonders, diese Stimme, die Augen,...." Am liebsten hätte sie Suse gebeten, sie sofort hier abzuholen, Fahrrad hin oder her, als sie hinter sich ein Geräusch vernahm.

Die Bedienung erschien auf der Terrasse mit einem Tablett beladen, auf dem Karin 2 Kaffees und 2 Himbeertörtchen ausmachte.

Grinsend marschierte die junge Frau auf Karins Tisch zu, nickte anerkennend in ihre Richtung, nahm Karins kalten Kaffee und das vermatschte Törtchen weg und stellte die frischen Leckereien ab. Gerade wollte Karin bemerken, dass dies ihr Tisch und sie noch lange nicht fertig war, als ER ebenfalls durch die Tür des Cafés kam und Karin mit einem versöhnlichen Lächeln bedachte.

Karin hörte Suse irgendwas von Entschuldigung und wieder Gutmachen erzählen, aber ihre Hand hatte schon zum Auflegen angesetzt und ihre Füße näherten sich, wie von selbst, wieder dem Tisch. Als sie den Tisch erreicht hatte, steckte sie ihr Handy in die Tasche ihres Mantels und setzte sich.

„Ich dachte, wir fangen nochmal von vorne an." Er deutete auf den frisch gedeckten Tisch und setzte sich ihr gegenüber.

„Ich bin Erik oder besser ‚IchmagSommer007'. Wir haben uns letzten Dienstag gleich zweimal kennengelernt. Doppelt hält ja bekanntlich besser." Er lachte kurz und schenkte Karin erneut ein verzauberndes Lächeln.

„Zweimal? Ich komme, wenn überhaupt, auf einmal", wunderte sich Karin und versuchte den Abend an ihrem PC irgendwie abzurufen, aber da war immer nur diese Flasche Schnaps und Suses merkwürdige Fragen.

„Du oder besser deine Freundin habt mich unter ‚IchmagSommer007' geliked und dann angeschrieben. Das war aber schon das zweite Treffen von uns." Karin kam beim besten Willen nicht hinterher. Zweite Treffen? Was war denn noch an diesem Tag gewesen? Der Besuch im Möbelhaus? Nee, das war montags gewesen. Der Schuhladen am Mittwoch. Bei ihren Eltern war ausgeschlossen, da war Suse ja auch schon in London gewesen. Was meinte Erik?

„Ich sehe schon, du brauchst ein wenig Hilfe. Ich sag nur: ‚Sein Niveau heben!'". Auffordernd schaute er ihr in die Augen, was nicht gerade Karins Denkvermögen verbesserte. Aber langsam dämmerte es ihr.

„Es war ganz schön anstrengend für meinen Chef, den zwei Deppen das Wort zu erklären.“ Bei der Erinnerung an den Moment musste er herzhaft lachen.

„Im Ergo Fit! Klar!“ platzte es aus ihr heraus.

„Du warst da?“ Karin wurde plötzlich ganz heiß im Gesicht. Sie hatte das Gefühl, wieder in Suses Leggins zu stecken.

„Sag, dass das nicht wahr ist.“ Sie hielt sich die Hände vor das Gesicht.

„Kann ich nicht, denn es ist wahr. Ich war da. Wir hatten Projektwoche im Büro und mein Chef hatte die fatale oder wie er meinte ‚geniale‘ Idee, uns alle mal mit zu seinem Fitnesskurs zu nehmen. Ob du es glaubst oder nicht, der hat den Namen..“‚Fit im Schritt!‘ Karin spürte, wie ihre Mundwinkel zuckten.

„Ich weiß, ich bin auch eigentlich nur zu der Probestunde gegangen, um mir anzuschauen, welche Deppen zu solch einem Kurs gehen.“ Karin hielt inne:

„Ups, das mit den Deppen war jetzt nicht so gemeint. Entschuldige bitte.“

„Da gibt es wirklich nichts zu entschuldigen“, beruhigte Erik sie.

„Eine Frau, die so viel Schneid hat, mit glitzernder Himbeertörtchenhose und knallbunten Schuhen zu solch‘ arroganten Fitnessgurus zu gehen, hat jedes Recht der Welt, sich über Männer in solchen Gruppen lustig zu machen. Und ehrlich gesagt“, er lehnte sich vor und senkte die Stimme „wundert es mich nicht, dass die alten Herren nach der Stunde wieder untenrum fit werden. Diese Charleen macht da Bewegungen, die erinnern mehr an gewisse Etablissements ...“ Das konnte Karin sich bildhaft vorstellen, vor allem, da sie ja am gestrigen Abend diese Tussi in aufgemotztem Outfit gesehen hatte. Sie lachte und merkte, wie ihre Anspannung sich legte. Sie berichtete Erik von der Begegnung am Vorabend.

„Ach, herrlich. Ich sehe diesen Phil direkt vor mir, wie er kurz darauf sicherlich noch zu seinem Auto gerannt ist und sich sein Deo geholt hat.“ Erik wischte sich eine Träne aus dem Auge. Da merkte Karin, dass sie sich in der Gegenwart dieses fremden Mannes wohlfühlte, trotz aller peinlichen Momente, die zu diesem Treffen geführt hatten. Er strahlte so eine Ruhe aus, es fühlte sich fast schon nach Geborgenheit an.

„Schon in dem Studio bist du mir aufgefallen, eine Frau, die nicht direkt den Kopf einzieht, nur weil mal nicht alles glatt läuft“, fuhr er fort.

„Leider warst du ja nach deiner Niveauansage direkt weg und ich konnte dich nicht mehr ansprechen.“ Er schaute nachdenklich auf den See und trank einen Schluck von seinem Kaffee, schwarz, ohne Zucker.

„Abends saß ich dann am PC und habe mich aus Frust bei so einem Portal für Singles angemeldet. Mir ist fast das Notebook runtergefallen, als ich dein Foto gesehen habe. Erst dachte ich, ich würde mir das nur einbilden, so nach dem Motto Wunschdenken und so. Du hast ja viel längere und gelockte Haare auf dem Bild.“ Er musterte ihre Haare, dann ihr Gesicht.

„Die kurzen Haare stehen dir besser, sie betonen dein Temperament.“ Er zwinkerte ihr zu und berührte kurz, wie zufällig, ihre Hand. Karin durchfuhr ein wohliger Schauer.

„Woher wusstest du denn dann, dass ich es war?“, wollte sie wissen, sie wollte ihm noch stundenlang zuhören.

„Der Name“, sagte er und deutete auf die inzwischen leeren Teller.

„Himbeertörtchen!“ Karin fiel es abermals wie Schuppen von de Augen „Kannibalismus, ich Trottel!“ Er lachte.

„Du hast echt nicht gewusst, dass ich heute hierher komme? Hätte ich das gewusst, hätte ich mich anständig vorgestellt.“

„Nein, Suse hat geschwiegen wie ein Grab.“ Innerlich dachte Karin schon über einen, zumindest kleinen, Racheplan nach.

„Also gut, nochmal von vorne." Er stand auf,

„Hallo, ich bin Erik Schäfer, 39 Jahre alt, habe mit deiner Freundin tagelang gesprochen und weiß schon ziemlich viel über dich. Wahrscheinlich mehr als du selbst, aber du kennst deine Freundin ja!" Er setzte sich und legte seine Hand wieder verdächtig nah neben ihre.

„Ich finde, es sollte gerecht zugehen, also was möchtest du von mir wissen?" Karin konnte sich kaum sattsehen an seinem Gesicht, den dunklen Augen, den kleinen Lachfältchen, den Grübchen, wenn er lächelte.

„Wie ist das abgelaufen mit dir und Suse?" Sie wollte nun alles von Anfang an wissen. Er überlegte kurz und begann dann, von dem Abend im Datingportal zu erzählen.

„Zuerst war ich etwas verwirrt und dachte, mich will jemand ziemlich übel verarschen. Aber dann hat Suse mir vorgeschlagen, mich persönlich zu treffen und mir alles genau darzulegen. Da wir jedoch beide beruflich diese Woche weg mussten, wollten wir uns per Videocall treffen. Aber das brauchten wir gar nicht."

Bei der Erinnerung an die vergangenen Tage schüttelte er amüsiert den Kopf. Karin hingegen verstand nichts und zog die Augenbrauen hoch.

„Ganz einfach", fuhr er fort, „wir waren beide zur selben Konferenz unterwegs und hatten den gleichen Flieger. Suse hat mich am Flughafen erkannt und angesprochen. Am Mittwoch war das."

Dann berichtete er in allen Einzelheiten, wie er sich mit Suse auf dem Flug und auch immer wieder zwischen den Konferenzen unterhalten hatte. Sie hatte klargestellt, dass die ganze Sache keine Männerfalle war, sondern nur ihre ganz persönliche Art, ihrer besten Freundin bei der Partnersuche zu helfen.

Am Ende waren sie übereingekommen, sich zusammen mit Karin hier zu treffen.

„Das ist das Einzige, was nicht funktioniert hat, zumindest sehe ich Suse nirgends“, schloss er seine Ausführungen und schaute sich noch einmal um.

Karin war sprachlos.

Karma kommt

Als die Wolken den Himmel weitestgehend verdunkelt hatten, beschlossen die beiden, es wäre Zeit für den Aufbruch.

„Soll ich dich nach Hause fahren? Sieht nach Regen aus", schlug Erik vor, während er ihr in den Mantel half.

„Das geht leider nicht, ich habe ein Fahrrad." Er lachte.

„Ich habe sogar zwei Fahrräder und ein Motorrad. Wo liegt das Problem?", zog er sie auf.

„Nein, ich meine, ich bin mit dem Rad hier", erklärte sie und merkte, es fühlte sich gut an mit ihm. Wann hatte ihr das letzte Mal ein Mann in den Mantel geholfen oder gar eine Tür aufgehalten? Sie kam nicht drauf.

Sie verließen das Café und Karin steuerte auf den bis auf ihr eigenes Fahrrad verlassenen Fahrradständer zu.

„Wow, du scheinst dein Rad ja echt gerne zu haben. Die meisten Fahrräder, die ich kenne, glänzen nicht so. Wäre doch schade, wenn es im Regen wieder dreckig wird." Er nahm ihr behutsam den Schlüssel aus der Hand, entfernte das Schloss und schob mit dem Fahrrad in Richtung Parkplatz.

„Wer sein Rad liebt, der schiebt!", rief er ihr über die Schulter zu und sie ging ihm nach.

„Ist das dein Wagen? Wow!" Erik war vor einem riesigen nachtblauen Pick - Up stehen geblieben und öffnete die Ladefläche, die aber nicht offen da lag, wie Karin es kannte, sondern einen Aufbau hatte. Mit einer Leichtigkeit, als würde ihr Rad nichts wiegen, hob er es hoch und legte es behutsam auf eine Decke. Dann machte er es mit geübten Handbewegungen noch mit einem Spanngurt fest und „Voilà! Wir können los."

„Wozu brauchst du so ein Auto? Ich dachte, du wärst Büromensch?", fragte Karin neugierig und umrundete staunend das Gefährt.

„Ich bin leidenschaftlicher Wanderer und Mountainbiker. Am liebsten campe ich direkt da, wo es schön ist. Der Aufbau lässt sich im Handumdrehen in einen kleinen Campingwagen mit Kochzeile und Bett umbauen." Er hielt ihr die Beifahrertür auf. Karin kam aus dem Staunen nicht mehr heraus.

„Vier Türen? Ich dachte immer, ein Pick - Up hätte nur die vordere Sitzreihe." Sehr gut, dann kann Tom auch mitfahren, dachte Karin und war erstaunt über den Weg, den ihre Gedanken gerade einschlugen.

„Ist praktischer mit fünf Sitzen, dann kann ich meine Neffen auch mal mitnehmen. Die sind zu dritt und auch begeisterte Mountainbiker." Er saß mittlerweile auf dem Fahrersitz, lächelte sie an und startete den Motor.

„Seiblingweg 6, die Fahrzeit beträgt ca. 25 Minuten", imitierte er einen Taxifahrer und fuhr los. Karin fand das allerdings etwas zu viel des Guten „Suse hat dir meine Adresse verraten?" Karin machte sich nun doch Sorgen über den geistigen Zustand ihrer Freundin, „Adressen geben wir nicht raus, komme was wolle", hatte Suse im letzten Jahr zu ihr gesagt, als in den Nachrichten wieder einmal von einem irren Stalker die Rede gewesen war.

„Nein, deine Freundin hat damit nichts zu tun. Erkläre ich dir später", beruhigte er sie und es wirkte.

Als sie in den Seiblingweg einbogen, fiel Karins Blick auf das Haus gegenüber, Nr. 13 und der Groschen fiel, auch ohne Erklärung.

„Schäfer!", stöhnte sie auf, „sag nicht, deine Eltern wohnen dort drüben!"

„Sehr gut kombiniert.“ Anerkennend nickte er und parkte direkt vor ihrem Haus.

„Das erklärt so einiges“, flüsterte Karin zu sich selbst und schüttelte den Kopf. Hinter einer Gardine im Obergeschoss von Nr. 13 meinte sie, eine Bewegung zu sehen. Sie drehte sich zu Erik und wollte gerade etwas dazu sagen, da lehnte dieser sich vor und küsste sie zärtlich auf den Mund.

Sie ließ es geschehen.

„Mama, Mama, Maaammaaa!?“ Tom‘ s Rufe wurden immer lauter „Wo steckst du? MAMA!“,schallte es durch den Flur, nur diesmal schickte er keine Flüche hinterher.

Karin stand im Bad und machte sich zurecht. Eine Woche war es jetzt her, dass Karin im ‚Café der Sinne‘ auf Erik getroffen war.

„Wie treffend der Name doch war.“, stellte Karin rückblickend fest. Wie im Fluge war die letzte Woche vergangen. Oft hatte sie mit Erik telefoniert und zweimal hatten sie Zeit gefunden, sich zu treffen. Am Freitagabend hatte sie ihn zu Hause besucht. Als sie seine Wohnung betreten hatte, war es gewesen wie ‚nach Hause kommen‘. Die Atmosphäre in dem gemütlichen Häuschen am Stadtrand mit dem unglaublich großen Garten und den alten Obstbäumen vor dem Fenster hatte Karin sofort verzaubert.

Er hatte gekocht und sie hatten vor dem Kamin gesessen und gegessen. Sie hatte ihm von Toms Rückkehr am nächsten Tag erzählt und er hatte gefragt, ob sie sonntags nicht zu dritt etwas unternehmen wollten. Karin fand die Idee erst nicht so gut. Sie wusste nicht, wie sie Tom die neue Situation erklären sollte. Sie hatte ein bisschen Bammel, dass er und Erik nicht klar kommen könnten. Aber am Ende hatte sie zugestimmt und nun war es so weit. Gleich wollte Erik sie und Tom abholen, mit dem Pick - Up. Karin hatte die Idee gehabt. Genau wie sie fand Tom große Autos toll.

„Hier steckst du, hatte dich auf der Couch gesucht. Es hat geklingelt, darf ich aufmachen?“ Tom versuchte, seine Nervosität mit Coolness zu überspielen, aber Karin kannte ihn zu gut, um dies nicht zu bemerken.

„Ach, sonst bist du doch immer zu faul, wieso denn wohl heute nicht?“, fragte sie ihn schmunzelnd.

„Ist doch klar Mama, wenn er kacke ist, mache ich einfach die Tür wieder zu“, sagte er lässig und öffnete die Wohnungstür.

„Hi, du musst Tom sein, ich bin Erik.“

„Hallo Erik.“ Tom musterte skeptisch den Mann da vor sich.

„Von mir aus können wir direkt los.“ Karin schob Tom durch die Tür in den Flur, hauchte Erik ein schnelles Küsschen auf die Wange und bemerkte kurz.

„Mit meinem Auto oder deinem Pick - Up?“

„Pick - Up?“, Toms skeptischer Blick verschwand schlagartig und er stürzte begeistert die Treppe hinunter. Karin folgte ihrem Sohn, langsam. Sie hatte sich bei Erik untergehakt und die zwei schlenderten gemütlich die Treppe hinab zur Haustür. Als sie hinaus traten, sah Karin, dass Eriks Eltern, Herr und Frau Schäfer, am Fenster im Obergeschoss standen und lächelnd winkten. Sie winkte kurz zurück und blickte dann zu Tom, der mit rotem Gesicht und leuchtenden Augen um Eriks Pick – Up lief, „Mama hast du das gesehen, der hat zwei Sitzbänke und die riesige Ladefläche. Voll krass!“ Erik trat lächelnd zu Tom:

„Schön, dass er dir gefällt.“ Tom drehte sich zu Erik:

„Können wir mal campen fahren, ans Meer? Oder in die Berge? Oder in den Süden. Das wäre mega! Wenn Mama nicht will, lassen wir sie hier.“ Tom lachte, umrundete das Auto und öffnete die verdeckte Ladefläche. Karin ging derweil zu ihrem Sohn, legte ihm einen Arm um die Schultern und schaute ihn an:

„Wie ich sehe, ist Erik also nicht kacke.“

„Ne Mama, der ist voll cool, das sieht ein Fachmann sofort." Tom zwinkerte ihr zu.

„Fachmann?" Karin staunte. Tom senkte die Stimme und flüsterte:

„Klar, wenn man so einen Vater hat wie ich, kennt man sich mit Idioten bestens aus." Sie lachten beide, aus tiefstem Herzen.

„Darf ich mit lachen?" Erik war neben die beiden getreten, eine Hand hinter dem Rücken.

„Klar, aber dazu müsstest du erst die ganze Geschichte hören, aber ich denke, ihr habt gerade was anderes vor." Bemerkte Tom, zwinkerte Erik zu und öffnete die hintere Wagentür. Er kletterte auf die Rückbank, schlug mit einem Wumms die Tür zu und steckte sich zufrieden grinsend Kopfhörer in die Ohren.

Karin verstand nicht ganz, „was meint er?" Da zog Erik eine einzelne rote Rose hinter seinem Rücken hervor, „eine Rose, für meine Rose."

Karin lächelte aus tiefster Seele, und dachte nur Eines:

„Karma kommt, jetzt!"

Wolfgang Melzer

Shaker Media
ISBN 978-3-95631-790-3
228 Seiten
Deutsch
Paperback
21 x 14,8 cm
14,90 EUR

Irgendwann auf den Azoren

Roman

Ein uraltes Versprechen und ein Blind-Date führen Florian und Astrid auf die Azoren. Sie wissen nichts von dem Archipel und sind sich nach einer Trennung vor fünfunddreißig Jahren fremd geworden.

Im Verlauf der Erkundung der Inseln geraten sie immer wieder in lebensbedrohliche Situationen wie beim Whale-Watching, auf der Wanderung über einen Vulkankrater, die am Schauplatz eines alten Verbrechens endet, bei der Besteigung des Vulkans Pico und beim Baden in tückischen Gewässern. Dabei kommen Sie sich näher und fassen eine gemeinsame Zukunft ins Auge, die von einer schicksalhaften Erkrankung stark gefährdet wird.

Ein brillanter Roman, voller Spannung und bestechender Dialoge.

Marten de Trieste

Shaker Media
ISBN 978-3-95631-808-5
406 Seiten
Deutsch
Paperback
21 x 14,8 cm
16,90 EUR

Voll neben dem Gleis

Borderline-Roman

In „Voll neben dem Gleis“ beschreibt Marten de Trieste die tragische Geschichte von Michael und der viel jüngeren Maya. Er ist verheiratet, sie leidet an einer Borderline-Persönlichkeitsstörung. Beides sind keine guten Voraussetzungen für eine ernsthafte Beziehung. Trotzdem beginnen sie eine Affäre, die schließlich zu Liebe wird. Mayas Krankheit, ihr Inneres und Erlebnisse in ihrem Umfeld machen die Sache komplizierter als absehbar war. „Voll neben dem Gleis“ ist ein autobiografischer Roman. Er basiert überwiegend auf realen Geschehnissen.